KB120033

이일화

포토 앤 에세이

보아도보아도 지치지 않을 것 같은
당신의 사랑이
가슴으로부터 피어나는 것을
보았기 때문입니다.

사랑 그리고 사랑

글·사진 이일화

내가 사랑하는 당신과 함께 남겨 놓은 이야기

사랑아!

사랑아!

내 사랑아!

사랑아, 너는 어디서 오는가?

그대, 사랑이다.

그래, 사랑이다.

사___랑이란

사랑은 긴 인생의 퍼즐 게임.
너와 나의 이야기들 하나씩 맞추어가는 것.
어느 순간엔 인생의 모자이크가 되고,
어느 순간엔 불쑥 튀어나온 점토판 같은 것.
그래도 거기엔 늘 사랑이라는 주 메뉴가 들어 있다.
달콤함, 속삭임, 기쁨, 미소, 즐거움 같은 소스를 쳐도
거기에 사랑이 없으면 아무 것도 아니지.
사랑은 지나보면 아는 거야.
지금 속상한 일이 있어도
또 지나보면 거기엔 늘 사랑이라는 메뉴가 들어 있지.

사랑은 돈으로도 사지 못하는 거야.
봐! 공부 잘하고, 똑똑하고, 집안 좋은 사람
거기에도 사랑이 없다고 생각해봐.
늘 쌈박질이지.
사랑은 커피 같은 그윽한 향을 가지고 있는 거야.
늘 그윽이 피어오르는 향기

사랑은 당신에게 있는 미소 같은 것
사랑이 없으면, 아무 것도 할 수 없는 거야
사랑이 없다면, 아무 것도 할 수 없어.
사랑은 늘 힘이 되고, 용기가 되고, 설렘 같은 것
사랑은 일터에 나가 일을 할 수 있는
이유와 힘의 원천이 되는 거야.
그걸 알아야 하는 거야.

우리가 찾아야 할 것은 사랑이다.
여행을 떠나자. 오늘에 굴레 입은 속박을 벗고, 희망을 찾아 떠나자.
그곳엔 그대와 나의 애틋한 사랑도 숨 쉬고 있으려니.
오늘의 일상을 벗고, 지나간 이야기를 나누자.
그대 사랑이다.

– 이야기 하나 –

그래_사랑이다

사랑아
너 는
어디서
오는가
?

같은 세상
나오자

이야기 하나,

그래 사랑이다

무엇이 우리를 떠나기 어렵게 하는가? 시간인가? 돈인가? 돈으로 자유를 사자. 오늘 속박 되었던 내일을 벗고. 가자. 길을 떠나자.

버스든 기차든 비행기든 자전거든 차든, 가자. 가자. 길을 나서자. 오늘 길을 나서 저 푸른 들판으로 여행을 하자.

거기서 당신을 만나 웃음을 찾고, 내 얼굴에 행복한 미소를 날리자. 보아라. 길이 부르고 있지 않는가? 보아라. 파란 하늘이 부르고 있지 않는가? 보아라, 저 푸른 들판이 당신과 나를 오라고 손짓 하지 않는가?

우리가 찾아야 할 것은 사랑이다. 여행을 떠나자. 오늘에 굴레 입은 속박을 벗고, 희망을 찾아 떠나자. 그곳엔 그대와 나의 애틋한 사랑도 숨 쉬고 있으려니. 오늘의 일상을 벗고, 지나간 이야기를 나누자. 그대 사랑이다.

BROTHER

너는 왜 혼자 있니?

수많은 사람들이 길을 떠나
집을 나왔다가 다시 집으로 돌아가고 있는데

너는 왜 혼자 있니?

무엇을 잃어버렸니?
아님 길을 찾으려니?

홀로 외로이 길을 해맬 때엔
그 누구도 필요치 않다.

내가 길을 찾아 떠나고 싶을 뿐이다.
그런데 사람들은 이를 두고 고독이란 말로 표현을 한다.

지금 내가 있는 모습이다.

아침을 떠나는 ___ 연인들

- 아침, 평택역에서 -

아침, 안개내리는 가로수 길 너머로
사람들은 어디로 길을 나서는 것일까?
너와 내가 만나고 헤어지는 이 거리
논이랑 둑이랑 사이 길로 아침을 나서는 사람들.
오늘 그들은 서로 누굴 만나는지 알고 있을까?

차 한잔에 안개를 마시면
멀리 앉은 그대는
내가 앉은 자리의 옆에 있는 창문을 바라보고 있을까?

사랑이란 말로
이 모든 것을 헤아릴 수 있다면.
나는 오늘도 기차역을 나서며
사랑아! 그대가 달려오고 있는 길을 본다.

사랑아! 커피 한잔의 입김 너머로
네 이야기를 들려주고 있는 것을
너는 잊지 않으려나.

강의___실에서

삼십여 명이 남짓한 강의실에서
너와 나의 이야기를 나눕니다.
복잡한 세상의 구조와 살아가는 이야기.
그보다 더 깊은 전반적인 전략과 이해를
새하얀 용기에 담아 보입니다.

빔 프로젝트와 노트북에 연결된 강의안(案)
열띤 토론이 벌어지는 강의 노트에는
국민의 안전과 생명을 담는
여러 가지 중요한 문제들이 오갑니다.
사람들은 알까요?
국가의 안위를 위하여 이렇게 고민하는 줄을.
우리가 살아가는 이유들은
바로 이 노트 안에서 만들어지고
언어와 문자로 표현되어 정의된다는 것을.

듣고 또 들어도 난해하고 어려운 이야기
그래서 더 더욱 들어야 할 이야기가 많은
강의실의 노트
어느 때엔가 이것이 쓸모 있을 때가 있겠지요.

지식에 대하여

지식은 아무리 저장하고 또 저장해도
아깝지가 않습니다.
그래서 더 더욱 지식을 쌓아갑니다.
여유가 있는 시간엔 잠시 책을 덮고
먼 미래를 자유로운 영혼이 나래를 펴
훨훨 물결을 치며
새벽이슬 길을 떠나갑니다.
그대는 아는가?
이 여행이 참 멋지리라는 것을.
오랜만에 아무 것도 거추장스럽지 않은 혈혈단신으로
자유로이 천국을 만끽할 것이란 것을.
지식은 앉아 있는 책상 앞에 잇는 것이 아니라
영혼이 자유로운 여행에서 얻어진다는 것을.
이제 무미건조한 이 책상 앞을 벗어나
어디론가 여행을 떠나자.
여행하고픈 A4용지와 색종이로 사랑이란 말을 남기고
오늘 아침 그대를 향해 다가가자.

사랑이란 말로 그대에게 이야기를 씁니다.
당신에게 지식이란 이름으로
그 무엇인가를 남기어 보이렵니다.
당신은 참으로 멋진 사람입니다.

새벽 다섯___시

사랑이 일어나는
새벽 다섯 시

집을 나서면
우물 안에서 나를 길어내는 아침 안개.
문득 그대 얼굴이 그리워집니다.
도시의 차창 너머로 환히 빛나는 햇살은
당신의 미소를 거두어 냅니다.

지금 어디 있나요? 내 사랑은.
그렇습니다. 다시 만날 수 있을 것 같은
그대 이야기를 하나 가득 남기고 길을 갔습니다.

보아도 보아도 보고만 싶은
들어도 들어도 질리지 않을 것 같은
당신의 그 미소를 사랑하여 오늘 또 이야기를 나눕니다.

사랑은 오늘을 또 새로이 시작하게 하며
지식을 쌓게 하고, 삶을 일구는 힘을 얻게 합니다.

그대, 아프지 마세요.
여기, 애틋한 사랑이 남아,
당신을 지키고 있습니다.

사랑이 일어나는 새벽 다섯 시
나는 집을 나섭니다.

사랑에 대한 대답
이일화 지음

차 한 잔의 여유

그대의 따뜻한 사랑의 손길을 데워줄
아침 차 한 잔의 여유와
흥미 넘치는 이야기로 오늘 하루를 시작합니다.

사랑이 함께 일어나는 새벽엔
그대의 햇살 또한 창밖 가득
물안개 가득한 이 새벽을 채우는 날입니다.

사랑아! 사랑아! 이제 일어나렴.
햇살 가득한 사랑아! 이 아침에 안개를 걷어내렴.

당신의 손길이 참 따뜻한
이른 아침의 출근길입니다.

김밥 한 줄

천안아산역에서 시간이 남아 김밥 한 줄을 먹었다.
치즈김밥. 조금 아까웠지만 4천원을 주고
김밥 한 줄을 사서 먹었다.
서울에서도 이렇게 비싸지 않은 김밥
천안아산역에 오니 김밥 한 줄이 사천 원이었다.
돈은 어떻게 쓰느냐에 따라 가치가 달라진다.
시간이 바빠 택시를 타는 순간
3천원이 금세 오른다. 그러나 그래도 아깝지 않다.
시간을 아껴 주었기 때문이다.
김밥을 먹으며 내는 돈 사천 원이 왜 이리 아까운지
처음 느껴본 아침이었다.
비교 심리 탓이었겠지.
실은 그리 큰 금액도 아닌 짜투리 돈인데
다시 천안역에서 아침 김밥 이천원
왜 이리 비교가 되는지.
참으로 알 수 없는 것이
얄팍한 사람 마음 하나.

사랑___해요

우리는 하나. 당신과 내가 살고 이곳에서 하나.
아웅다웅 하지 말자.
아니 아웅다웅 하며 살자.
세상은 원래 그런 것 아닌가요?
때로는 미움도 생기고, 증오도 일어나지만,
그대의 사랑 때문에 이 모든 것 감사한 일들 아닌가요?
보아요. 아침이에요. 찬란한 햇살이에요.
그대 없이는 살 수 없을 것만 같은
길 떠나는 아침이에요. 여행이에요.
사람들은 우리를 가만 그냥 두질 않는군요.
그렇지만 튼튼히 살아요.
세상의 것들이 아무리 매력적이라 해도
그대만큼은 아니잖아요.
당신의 얼굴에 피어나는 화안한 미소
그것을 어디에 가서 돈을 주고 살까요?
당신이 있기 때문에 나는 즐겁고
지금 내 갈 길을 갈 수 있잖아요.
사랑해요. 당신.

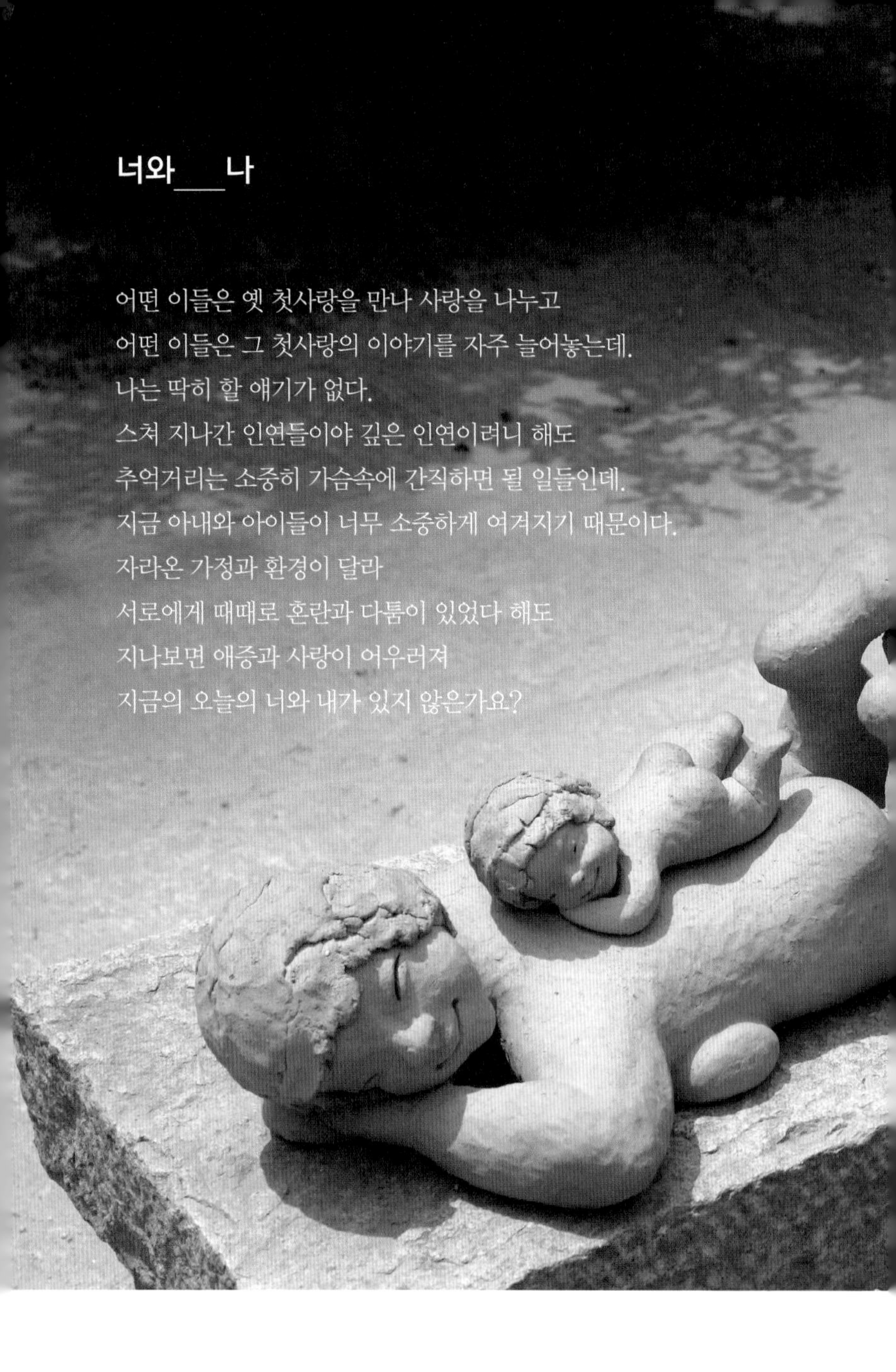

너와 나

어떤 이들은 옛 첫사랑을 만나 사랑을 나누고
어떤 이들은 그 첫사랑의 이야기를 자주 늘어놓는데.
나는 딱히 할 얘기가 없다.
스쳐 지나간 인연들이야 깊은 인연이려니 해도
추억거리는 소중히 가슴속에 간직하면 될 일들인데.
지금 아내와 아이들이 너무 소중하게 여겨지기 때문이다.
자라온 가정과 환경이 달라
서로에게 때때로 혼란과 다툼이 있었다 해도
지나보면 애증과 사랑이 어우러져
지금의 오늘의 너와 내가 있지 않은가요?

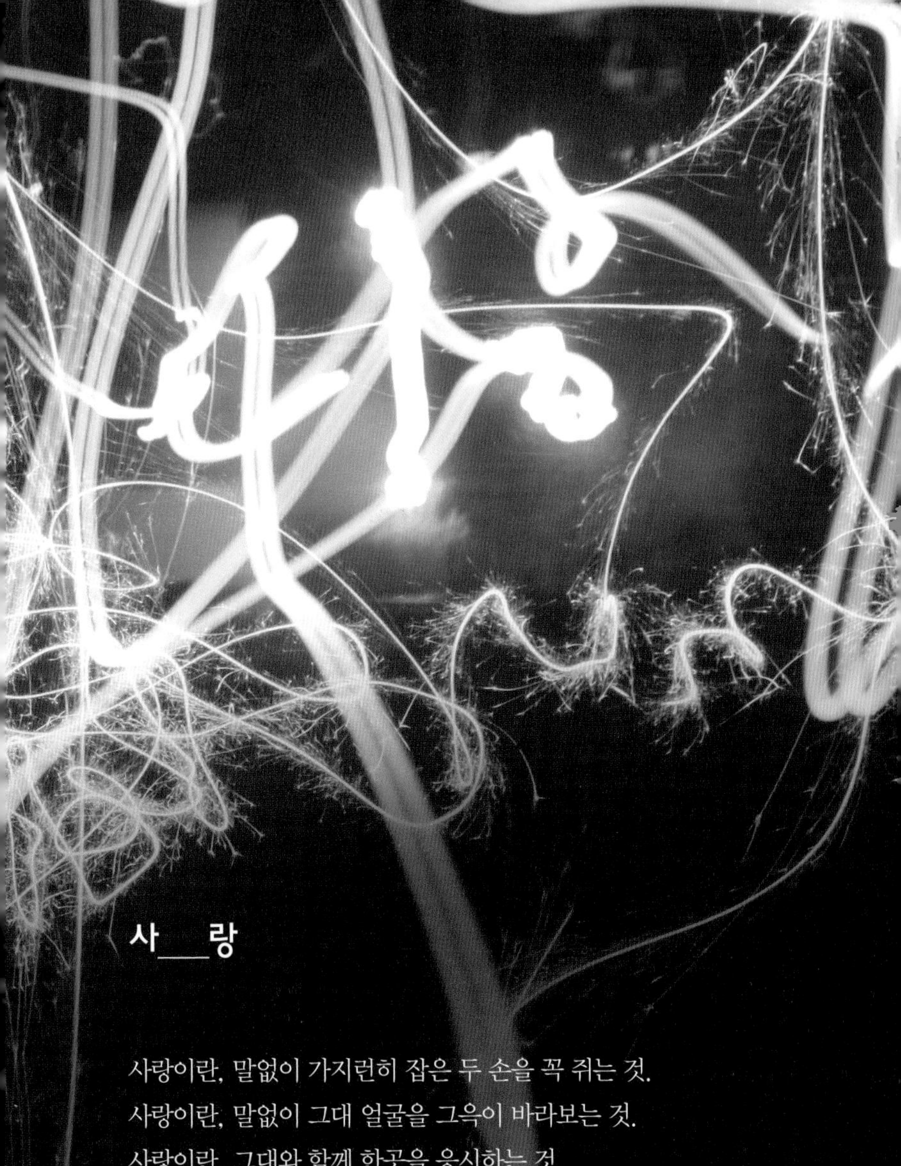

사랑

사랑이란, 말없이 가지런히 잡은 두 손을 꼭 쥐는 것.
사랑이란, 말없이 그대 얼굴을 그윽이 바라보는 것.
사랑이란, 그대와 함께 한곳을 응시하는 것
사랑이란, 우리가 함께 길을 걸어가는 것.

우리 인생의 의미가 그런 것 아닌가?
만남이 있으면, 이별이 있고
이별이 있으면, 만남이 또 시작되는 것 아닌가?
인생이 그런 것 아닌가?

한 영혼을 만나면, 누군가 사랑하고 있고
나에게 있는 그 무엇인가를 나누어 주고 싶어진다.
인생의 애증스런 삶이 그런 것 아닌가?

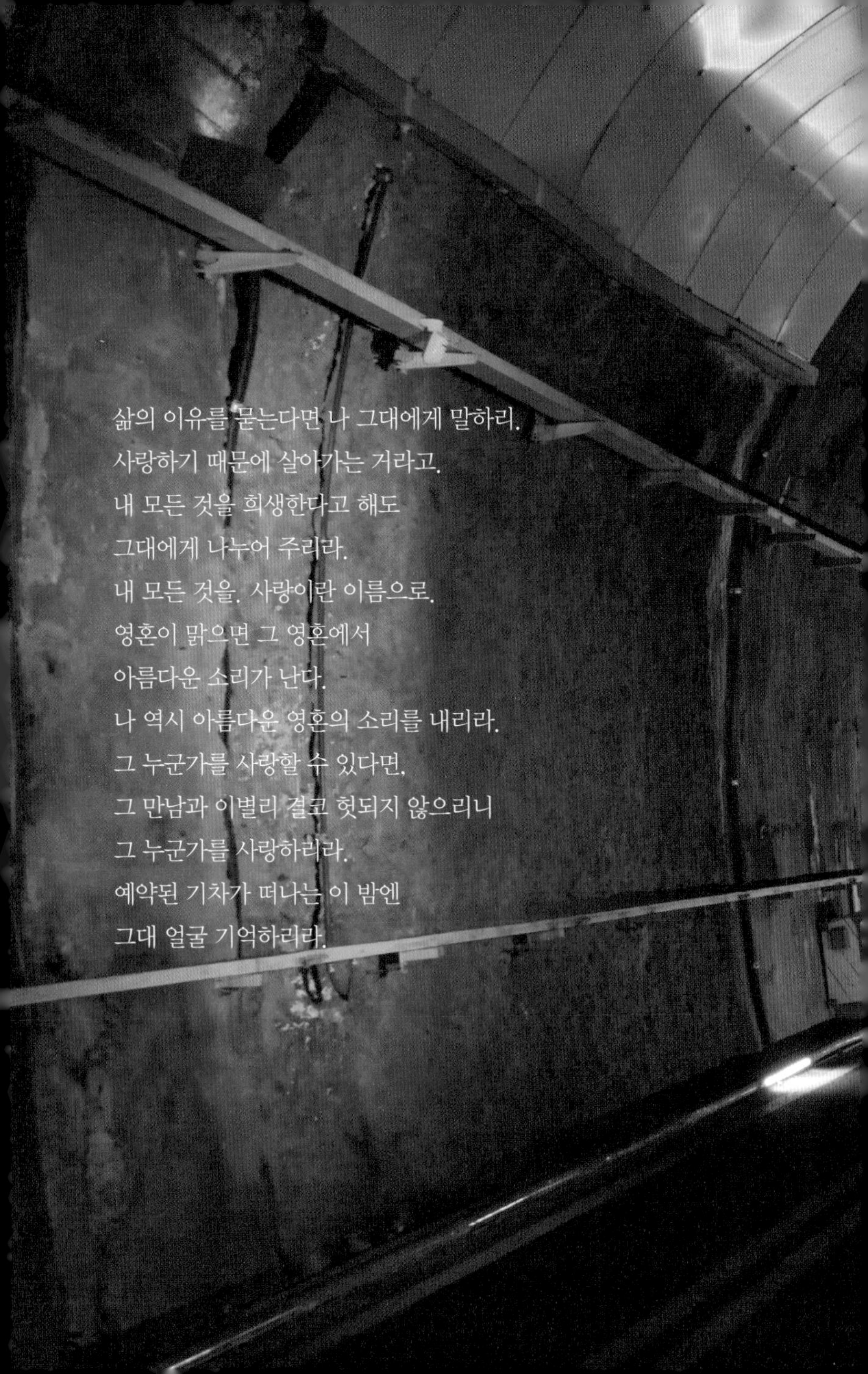
삶의 이유를 묻는다면 나 그대에게 말하리.
사랑하기 때문에 살아가는 거라고.
내 모든 것을 희생한다고 해도
그대에게 나누어 주리라.
내 모든 것을. 사랑이란 이름으로.
영혼이 맑으면 그 영혼에서
아름다운 소리가 난다.
나 역시 아름다운 영혼의 소리를 내리라.
그 누군가를 사랑할 수 있다면,
그 만남과 이별리 결코 헛되지 않으리니
그 누군가를 사랑하리라.
예약된 기차가 떠나는 이 밤엔
그대 얼굴 기억하리라.

이별__연습

아직도 그 생각만 하면
내 눈가에
눈물이 하나 가득 고여.
눈가에 눈물이 떠오른다.

빗속을 둘이서

1

아무리 함께 걸어도 더 헤어지지 않고 싶은 사람
그런 사랑의 사람과 함께 부르고 싶은 노래가 있다.
아무리 부르고 또 불러도 질리지 않을 만큼
사랑스런 노래가 있다.

내가 좋아하는 '빗속을 둘이서'라는
가수 고 '김정호'님의 노래이다.

"너의 맘 깊은 곳에 하고 싶은 말 있으면
고개 들어 나를 보고 살며시 얘기하렴
정녕 말을 못하리라. 마음 깊이 새겼다면
오고가는 눈빛으로 나에게 전해주렴
이 빗속을 걸어 갈까요
둘이서 말 없이 갈까요
아무도 없는 여기서 저 돌담 끝까지
다정스런 너와 내가 손잡고~"

아무리 좋아하는 사람이라도
화음이 맞는 사람이 있다.

남녀가 함께 불러야 제 맛이 나는 이 노래는
누군가 함께 부르고 싶어도 화음이 맞는 이가 있다.

그냥 이 빗속을 우산 하나 받쳐 들고
말없이 걸어 갈 수 있는 사람이 있다면
참 좋으련만.

2

더운 여름날, 비가 내려 세상이 온통 어두컴컴해질 무렵
둔탁한 빗줄기 사이로 그냥 마냥 함께 걷고 싶은 이가 있다면

사랑한다면, 아마 정녕 아무 말을 못하리라.
그녀의 모든 것이 귀하고, 소중하게 느껴지기 때문에
더 이상 아무 말을 못하리라.
그리고 함께 걷고 싶으리라.

저 돌담 끝까지 다정스런 너와 내가 손잡고,
그냥 마냥 걷고 싶으리라.
빗줄기 사이로 하나의 우산 속에 꼭 껴안고
당신과 내가 함께 걷고 싶으리라.

저 돌담 끝까지, 아니 시간이 다하는 날까지.
세파를 견디어 가며 함께 걷고 있으리라.
이 세상의 시간이 다하는 날까지
그대의 손을 꼭 잡고 걷고 있으리라.

Bus
STOP

First round, first minut
EVERLAST
HAMMAD ALI vs SONNY LISTON 25th MAY 19

당신을 만나

당신과 내가 사랑하는 사이라면
그냥 지나갈 수 있을까요?
이렇게 아름다운 봄날
함께 여행이라도 떠나 보아야 하지 않을까요?
아름다운 진달래 능선에서 당신을 만나
사랑을 시작해야 하지 않을까요?

아님, 병아리 떼 개나리 꽃 가득한 동산에서
당신과 함께 이 세상을 시작해 보는 건 어떨까요?

이렇게 아름다운 봄날, 아지랑이 피어오르는 동산 너머로
진달래 능선 가득히 피어오르는 그대의 고운 모습
나는 그대의 고운 자태를 따라 길을 나섭니다.

어디엔가 능선 사이로 숨어 버릴 것만 같은 그대 모습
그대 얼굴 가득 품에 안고
그리움이 피어나는 그대의 향기 찾아
진달래 꽃 한아름을 그대 품에 안기렵니다.
이 몸을 그대 품안에 누이렵니다.

흔___적

이 길이 끝나는 곳은 어딘가요?
나는 지금 길을 걷고 있습니다.
걸어도 걸어도 끝이 없는 꽃길
거기엔 당신의 이야기가 피어오릅니다.

내가 이 길을 걷는 이유는
바로 그대가 거기 있기 때문입니다.
비가 내려도, 눈이 나리어도
당신이 있는 거기까지 걸어가렵니다.

파도가 친들 어떤가요?
강물이 불어난들 어떤가요?

그대가 있는 거기 보금자리엔
수많은 사람들이 걸어왔던 길 가기엔
당신의 미소가 살포시 보입니다.

길을 걸으면 당신의 얼굴이 생각나
거기에서 잠시 나그네 길을 머뭅니다.
왜냐하면, 거기엔 잠시 당신이 머물다 간 흔적을
애써 내게 남겨놓았기 때문입니다.

그래 사랑이다

LOVE

SPRING

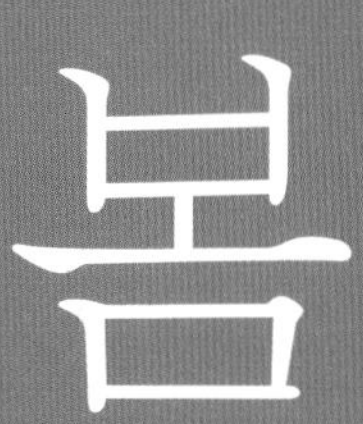

봄

– 이야기 둘 –

봄

이야기 둘,

봄

시와 이야기를 왜 쓰느냐고 묻는다면, 그것은 내 고향을 찾아가는 사랑과 여행이 있기 때문이다. 내 사랑하는 사람에게 띄우고픈 애잔한 여행 이야기가 있기 때문이다. 내가 달려가고 싶은 무지개와 같은 사랑이 있기 때문이다.

세월이 흐르고 흘러도 영원히 가슴속에 지워지지 않는 내가 자란 고향과 다시 보고 싶은 거기 흐르는 시냇물이 아직 흐르고 있기 때문이다.

뗏목이 다니던 물 흐르던 강을 막아 댐을 만든 후로 많은 것들이 물속에 사라지고, 내 어린 시절의 이야기와 청춘도 그 속에 묻혀 있기 때문이다. 먼발치에서 바라보는 물속에서 앙상히 드러나는 집터와 내 놀던 옛 동산이 거기 서있기 때문이다.

이제 거기를 떠나 도회지로 나오고, 애틋한 사랑이야기가 숨 쉬는 순간에도 못 다한 이야기가 남아있기 때문이다. 사랑이여! 사랑이여! 목 놓아 외쳐보고 싶어 하는 그리움을 간직하고 있기 때문이다.

내가 미처 덮지 놓지 못한 원고지, 거기에 내 애틋한 젊은 날의 수채화가 거기 덮여 있기 때문이다.

보금___자리

수많은 사람들이 다니는 길, 그 길 옆엔
우리들의 보금자리가 있습니다.

길을 걸으면 당신이 생각 나
당신과 내가 머물러야 할 보금자리를 꾸밉니다.

너무 춥지 않게 이부자리도 찾아야 하고,
거기에 당신의 따뜻한 미소도 놓아야겠습니다.

때로는 저먼 옐로우 턱시도가 알랑거리는 어항이
당신의 곁에서 미소를 띄며 나를 반겨준다면
그대가 있는 이 몸은 그보다 더 행복할 수 없겠지요.
사랑은 지금 봄볕 아지랑이를 따라 그대의 향기를 담아
끊임없이 여기 머무르라고 손짓한답니다.

보아도보아도 또 그대의 곁에 머무르기를 바라는
봄볕 아지랑이는 따뜻한 봄날을 또 솟아오른답니다.

사랑이라는 이름으로 그대가 머무는 보금자리엔
이 몸도 사랑을 담아 그대가 곁에 있기에 행복하답니다.

민들___레

길의 끝에는 당신의 노란 옷자락이 보이고
미소가 민들레처럼 피어오른 길
다시 당신을 만날 수 없을 것 같은 불안감 같은 것.
당신이 편안히 몸을 누이는 그곳에는
우리들의 해복의 이야기 그린다.

지금 내가 행복한 것은
당신이 이 자리를 지키고 있기 때문이다.

갖은 세파에 시달린 당신도
당신과 나의 애틋한 사랑이야기를 담아
이곳에 보금자리를 꾸미며 살고 있다.
사랑이다.

빅 데이터

너무나 과다한 자료를 수집한다.
당신과 나의 일거수일투족을 통제하기 위해 정보를 수집한다.
사회의 효율성을 위하여 당신과 나는
그 가운데 하나의 부속품이 된다.
거대한 자료가 모인 빅 데이터 뱅크에는
당신과 나의 움직이는 동선이 모두 표시되어 있다.
어느 순간 내 모든 자료를 내어 놓으리라.
나는 무엇을 해야 하는가?
지금까지 다니던 일터에서 무기력해지면
무엇을 할 것인가?
당신의 옷깃 가까이에 무엇을 보임으로
우리들의 의지를 보일 것인가?
점점 더 중요해지는 세상의 일들.
점점 더 무기력해지는 내게
빅 데이터는 내게 무엇을 줄 것인가?
나를 향해 빼앗아갈 것들 밖에 없는데.

버들__강아지

내가 버들강아지가 되고 싶어 하면
양팔은 고이 접고
새하얀 솜털로 꽃을 피웠다.

지나가는 개천가에서 돌돌돌…
물 흐르는 소리.
모두가 나의 몸 잎이 되고.

봄이 오는 피리 소리
메아리 되어 퍼졌다.

아이들 우글거리는
버들강아지 피는 냇가
하이얀 솜털로 소리가 되어.

아이들 가슴에
터진 보랏빛.

개울물 흐르는 양지 가에서 봄이 된
버들강아지
매년 이맘때면 꼭 피어난 고향이었다.

패랭이 꽃

그 옛날, 어린 시절의 길가
패랭이꽃들이
아직 자라나고 있는지 모른다.

사랑이란 그렇게 피고 또 온다.
말없이 소록소록 피어오르는
봄볕 아지랑이 가운데로 온다.

씨앗___하나

나는 지금 이곳에서 무엇을 하고 있는가?
당신과 내가 서 있는 이 자리
지금 보고 있는 것은 무엇인가?
무엇이 생각 나 이곳에 머물고
무엇을 바라며 저 바다를 응시하고 있는가

지금 달려가는 길은 무엇인가?
무엇을 구할 것인가?
참으로 알 수 없는 것이 인생이다.

꽃이 되고, 새싹이 돋고
무더운 여름도 오기 전에
작은 씨앗 하나를 뿌려 놓아야겠다.

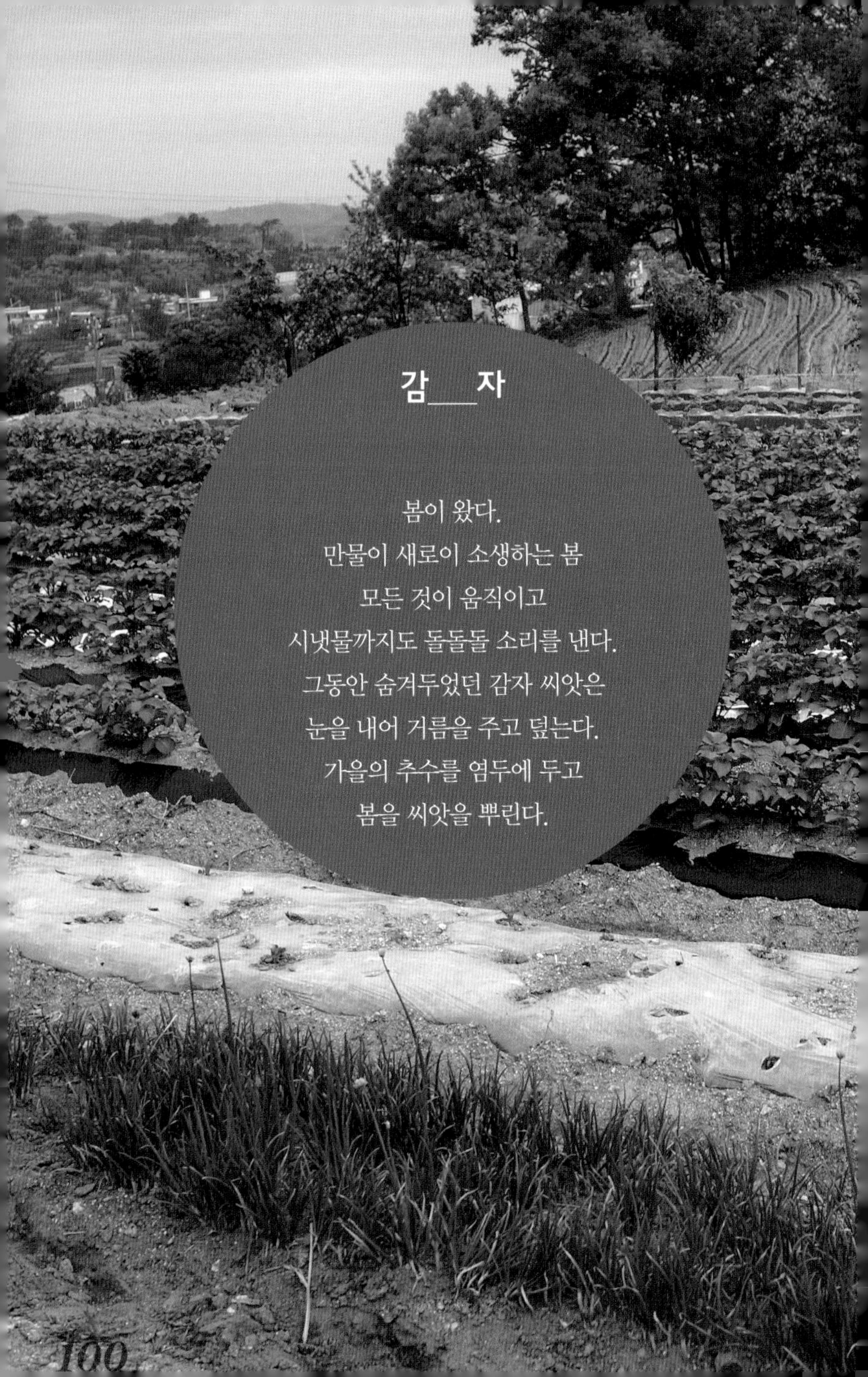

감__자

봄이 왔다.
만물이 새로이 소생하는 봄
모든 것이 움직이고
시냇물까지도 돌돌돌 소리를 낸다.
그동안 숨겨두었던 감자 씨앗은
눈을 내어 거름을 주고 덮는다.
가을의 추수를 염두에 두고
봄을 씨앗을 뿌린다.

KDB생명
서울역
Seoul Station

새벽___여행

새벽 다섯 시. 길을 나선다.
이른 새벽 기차를 타고
수많은 사람들이 오가는 서울역을 떠나
너에게로 간다.
네가 있는 그곳은 행복한 일상.
평안의 사색이 있는 곳.
푸른 들판이 있는 곳.
자유를 찾아 떠나는 이 여행은
행복 그 자체가 아닌가?
그대가 기다리고, 행복한 미소가 있고
평안이 널 찾아 이야기하며 손짓하는 그곳.
난 그곳에서 자유를 찾아 누리리라.
평안을 찾아 누리리라.

서울의 새벽

서울의 아침의 길을 나서면
보이는 것은 희뿌연 벽돌이 가득한 아파트의 도시.
성냥곽 같은 아파트 입구를 나서면
붉은 신호등에 보이는 가로수길
나는 푸른 신호등이 켜질 때까지
그곳에 멈추어 서 있다.
새벽안개 낀 사람들의 희미한 그림자도 한둘 보이고
나는 오늘도 어깨에 무거운 짐을 지고
어디론가 길을 떠난다.
그대가 싸준 아침 도시락과 함께.

서울의 거리를 다시 둘러보아야
거기에는 새소리 바람소리 소 울음소리 들을 수 없고,
워낭소리 그리운 아침
어디가나 꽥꽥 돼지 울음소리들 뿐이다.
여긴 서울이다.
어떻게 하면 여길 벗어날까?
어떻게 하면 당신에게 포근한 햇살이 있는 아침을 맛보게 할까?

사랑한다면 방향을 찾습니다.
오늘의 교통신호 표지판이다.

아픔

우리는 누군가를 만나면 떠날 준비를 한다.
사랑하는 이를 만나면 또 이별하게 되고
다시 만날 날을 기약하며 이별을 연습한다.
당신과 내가 남겨 놓은 자취방엔
그대 남겨 놓은 난초꽃 향기 가득하고,
오늘 또 이별연습인가?
당신을 기다리는 매화 꽃잎은
또 땅에 떨어지며 이별 연습을 하고 있다.
오늘 또 이별인가?
땅에 떨어지는 매화 꽃잎은 가슴이 아프다.

누군가를 만나
함께 이야기를 나눌 수 있다면

누군가 자유로운 영혼을 만나
함께 여행을 떠날 수 있다면.

누군가를 만나
너와 나의 이야기를 함께 나눌 수 있다면.

저 푸른 들녘을 지나
거기서 따사로운 이야기를 나누어 보라.

황금빛 햇살에 내 자유로운 영혼은
그대를 찾아 헤매는 소리. 사랑이여! 오라.

사랑아! ___ 그대는 어디에서 오는가?

사랑아! 그대는 어디에서 오는가?
봄, 하얀 매화꽃에 함께 어울려서 오는가?
아님, 라일락 향기 가득히 한 잎 물고서 함께 오는가?
들녘에 피는 아지랑이 너머로
진달래 개나리 가득히 피는 들꽃
그 가운데서 이름 찾는 민들레의 노란 꽃잎
어울려 함께 오는가?
나는 봄이 되면 그대 얼굴을 생각하고
못내 그대 얼굴을 다시 한 번 그리워한다.

사랑아. 사랑아. 그대는 왜 기억하지 못하는가?
내가 그대를 기다리는 줄 왜 생각하지 않는가?
내 사랑은 봄 빛 라일락꽃으로 피고,
나는 라일락 향기에 취해 그대를 위한 노래를 부른다.
찬란한 아침 아지랑이는
그대와 나를 축복하는 너울이 되고,
우리는 오늘도 풀잎 동산을 올라
그대를 위한 왈츠를 춘다.

사랑아! 너는 어디서 오는가?
어디에서 만나 봄볕 아지랑이 이야기를 하는가?

매화꽃 향내 가득한 고운 동산에
그대를 위한 보금자리를 편다.
불러도 불러도 끝이 없이 불러보고 싶은
외쳐도 외쳐도 또 불러보고 싶은
그대의 이름을 부르며 이 계절을 시작하련다.

사랑아! 그대는 어디서 오는가?
하늘을 오가는 새여! 나의 사랑 이야기를 들어보렴.
이 찬란한 아침에 함께 일어나는
나의 보금자리 이야기를 들어보련.
내 사랑은 봄볕 아지랑이로 피어,
매화꽃잎 한바구니 가득
라일락 향기로 일어나 어우러져
내 고향을 찾는다.

사랑아! 사랑아! 내 사랑아!
그대 내 사랑아! 내 사랑이다.
그대는 지금 어디에서 오고 있는가?

봄_비

그대 아는가? 노랑나비 날아오르는 계단 어깨 너머로
봄 아지랑이 곁엔 노란 민들레 속삭임.
노란 날개 옆에 하늘거리는 그런 아름다운 봄날.

이유 없이 찾아오는 노곤증엔
그대의 사랑이야기가 가득 담겨 품에 안긴다.

그대 아는가? 내가 정녕 그리워하고 있는 것은
그대의 사랑이려니.
숱한 세월을 씻고 지나갈 봄비 가운데도
그대의 향기는 지우지 못하리니.

사랑아. 사랑아. 내 사랑아.
그대는 왜 내 곁에 머무르지 않고.

둘이서

당신과 내가 걷고 있는 길엔 그윽하게 비가 내렸습니다.
그대가 걷고 있는 등 뒤엔 떨어지는 빗방울 사이로
내 손등이 한 마리 새처럼 내려앉았습니다.

그대의 어깨 위에 떨어지는 빗방울은 어느새 옷깃으로 스며들어
또 하나의 사랑이야기를 낳기 시작했습니다.

저 멀리 담장이 다할 때까지 함께 걷겠노라고 다짐하던
가시 울타리엔 당신과 나만의 애틋한 사랑이 남아
두 손 모아 그리움을 손짓하고 있습니다.

사랑아! 그대 는 왜 말없이 떠나 돌아오지 않고.
이 빗속을 둘이 걷던 날.

사랑아 내 사랑아

사랑아! 그대는 지금 어디 머무르고 있는가?
어디에서 내 사랑을 찾아 헤매이고 있는가?

온 세상이 청록으로 물들 때쯤,
냇가에도 기지개 펴는 버들강아지
돌돌돌 그리운 소리 들리고.

그대는 지난 겨우내 어디에서 헤매이다가
지금 일어나 그대의 사랑을 담고 오나.
내내 기다리는 우체부 아저씨의 소식에
예쁜 편지 하나 가득

다시 그대를 찾아 머무르는 이야기 가운데는
빗소리 내려 부딪히는 남산의 얼룩진 자락이 모여 보인다.

그대 떠난 뒤에 꿈꾸는 내 영혼은
진달래꽃 향기로 그대 귓가에 이울고.
못내 아쉽게 지나가는 사랑을 아쉬워한다.
사랑아! 사랑아! 내 사랑아!

내가___당신에게 편지를 쓰는 것은

내가 당신에게 편지를 쓰는 것은
아직까지도 그대 얼굴이 내게 아롱거리고 있기 때문입니다.
내가 당신에게 편지를 쓰는 것은
내가 아직도 당신을 사랑하고 있기 때문입니다.
아침마다 그대 얼굴이 세숫대야 위에 아롱거릴 때
내가 아직까지 당신을 기억하는 것은
풀임 단장으로
그대 사랑을 못내 버릴 수 없기 때문입니다.

그대는 내게 가슴 가득한 사랑.
그대가 떠난 기차길옆 사잇길로
마냥 그대를 바라보고 있는 것은
다시 그대를 만날 것을 기약하고 있기 때문입니다.

안녕! 내 사랑!
내가 당신에게 편지를 쓰는 것은
아직까지 그대이야기가
내게 가득 남아 있기 때문입니다.

사랑___때문이다

우리가 살아가는 삶의 원동력은 무엇인가?
사랑인가? 그리움인가? 아니면 희망인가?
우리가 살아가는 이유는 단 하나.
톨스토이의 말을 빌리면 바로 '사랑' 때문이다.
사랑이라는 말은 하나로 통일 될 수 있지만,
하나의 이야기로 그 모두를 귀결해볼 수 있다.

그러나 그 무엇보다 아름다운 건
청춘남녀가 사랑하는 그 열정 아닌가?
부모의 사랑을 고귀한 희생이라 말하지만,
청춘에 타오르는 사랑은 바로
너와 나의 애틋한 연분 아닌가?

8028-369
8028-5874
20

우리는 무엇 때문에 사랑하는가?
당신과 나 사이의 끈끈한 애정 아닌가?
시간이 지나서도 지워지지 않는 그리움 같은 것 아닌가?
당신을 만나 영원히 얻게 되는
행복감 같은 것 아닌가?
깊은 꿈속으로부터 솟아오르는
당신을 향한 잔잔한 미소 같은 것 아닌가?
그런 살아가는 이유가 있기 때문에
당신을 향한 사랑이 솟아오르는 것 아닌가?

P30

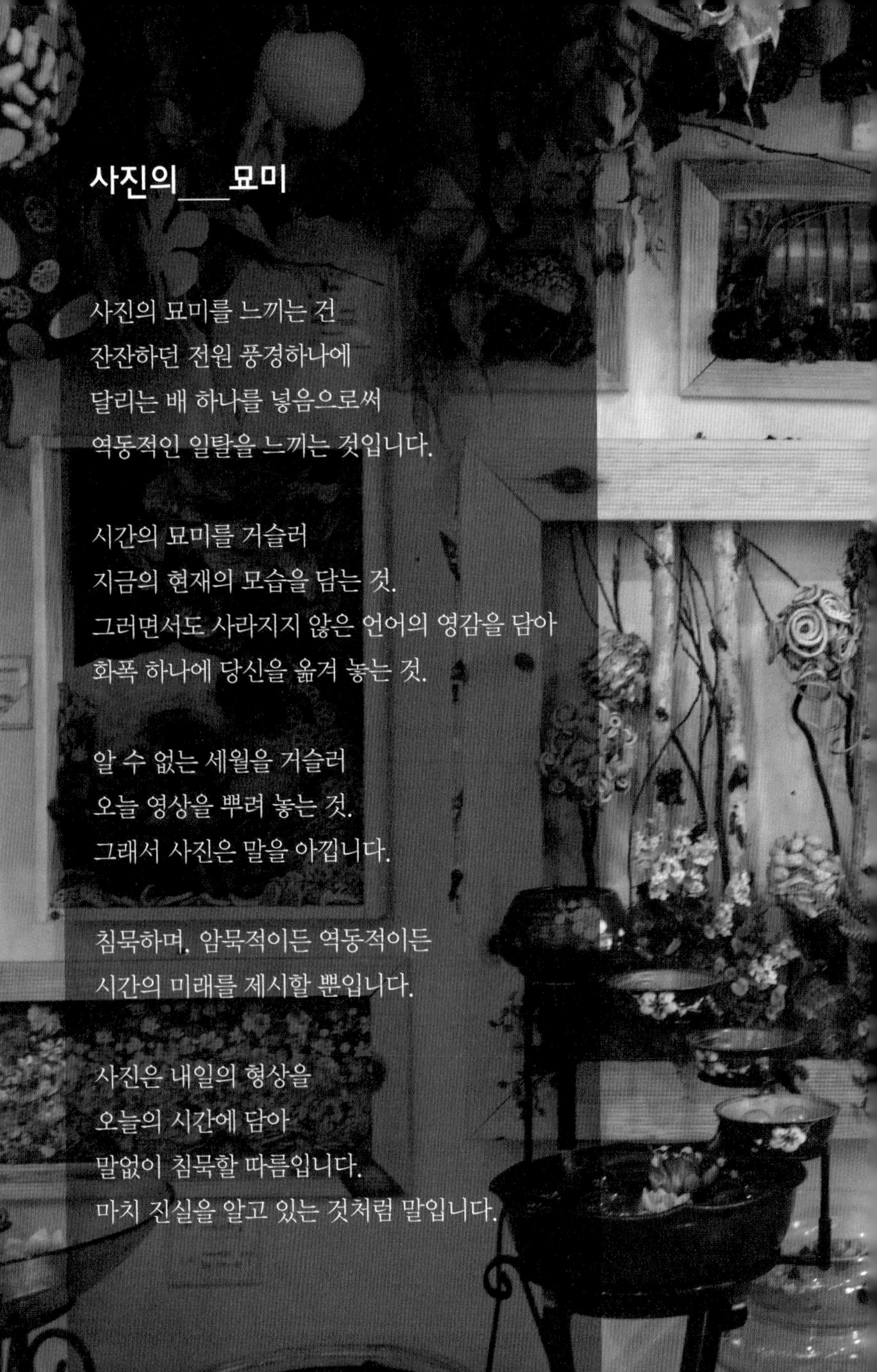

사진의 묘미

사진의 묘미를 느끼는 건
잔잔하던 전원 풍경하나에
달리는 배 하나를 넣음으로써
역동적인 일탈을 느끼는 것입니다.

시간의 묘미를 거슬러
지금의 현재의 모습을 담는 것.
그러면서도 사라지지 않은 언어의 영감을 담아
화폭 하나에 당신을 옮겨 놓는 것.

알 수 없는 세월을 거슬러
오늘 영상을 뿌려 놓는 것.
그래서 사진은 말을 아낍니다.

침묵하며, 암묵적이든 역동적이든
시간의 미래를 제시할 뿐입니다.

사진은 내일의 형상을
오늘의 시간에 담아
말없이 침묵할 따름입니다.
마치 진실을 알고 있는 것처럼 말입니다.

아침___이다

달려도 달려가고 있는 건
아침이다.
아침의 안개가 있는 영상이다.

눈을 비비고 돗자리에서 일어나
풀어지지 않는 몸을 일깨우는 것은
아침이다.

달려가고 있는, 여명의 눈동자
안개가 가득 에워싸려고
아침은 저만큼 시간의 거리를 넘어
잠기 머무르려고 노력하고 있을 뿐이다.
마치 이별을 예고하고 있는 것처럼.

달려가고 있는 건
아침이다.
마치 내가 풀을 잡아
미래를 예견하고 있는 것처럼

아침은 오늘을 그렇게 남겨놓고 떠날 뿐이다.
사랑이 가득한 햇살을 남기고
그렇게 말없이 떠날 뿐이다.

사랑이 가득한 햇살을 남기고
그렇게 말없이 떠날 뿐이다.
마치 이별을 예고하고 있는 것처럼

꽃의 ___ 계절

오랫동안 겨울과 같은 이별이 오지 않으면
찬란한 꽃은 피어날 수 없습니다.

어제 밤, 바람과 비에 너무 추우리만치
오돌돌 떨었던 언 손과 발도 녹아
바람결에 꽃잎을 만듭니다.

언제 그랬냐는 듯, 당신과 내가 서 있는 자리
거기에서 당신이 화안한 얼굴로 마주 서 있습니다.

꽃 내음 향기는 그대가 남긴 자취 사이에 타올라
그대의 이름 석자를 써 봅니다.

언제부터인가요? 내가 그대를 그리워하게 될 줄은.
기나 긴 겨울이 와도 다시 만날 것이라는 사실을 아는 까닭에
결코 이별이 두렵지 않답니다.

그대 아시나요? 사랑이 예 있다는 것을
그대 아시나요? 추운 겨울이 결코 춥지만은 않다는 것을.

내 사랑이 피어나는 꽃의 계절이
이제 막 시작되었으니까요.

꽃

보아요. 온 세상이 꽃으로 피어나는 것을.
보아요. 그대 나풀거리는 자태 사이에서
피어오르는 화려함이란
내가 좋아하는 사치 같은 것.
그대 아나요? 그대가 내 사랑이라는 것을.
온 세상이 꽃으로 덮인 세상에서
내 사랑 그대를 기다리고 또 기다렸다는 것을.
그대 내 사랑입니다.

그대가 내 곁에 있으므로

그대가 내 곁에 있으므로 나는 행복하고
저 하늘에 빛나는 별처럼
내 영혼은 반짝이며 빛나게 된답니다.

그대가 내 곁에 있으므로 나는
그대가 속삭이는 이야기를 떠오르게 됩니다.
오늘 그대와 함께 있게 될
이곳에서 그대의 이야기를
나지막한 시 한편으로 쓰게 된답니다.
당신은 아나요? 이러한 나의 마음을.

그대가 내 곁에 있으므로
나는 그대의 가슴속 깊은 마음을 알게 됩니다.
그대가 날 사랑하는 줄을 알게 됩니다.
그대의 곁에 내가 있습니다.
이 밤을 지새우며 그대에게 편지를 쓰는 것처럼
그대와 함께 영원한 이밤을 보내려 합니다.

봄

SPRING

SUMMER

여름

– 이야기 셋 –

여__름

이야기 셋,

여름

내가 풍경을 왜 좋아하느냐고 묻는다면, 거기엔 내 어릴 적 좋아하던 내 고향이 거기 있기 때문이다. 앞에는 큰 강물이 흐르고, 뒤에는 붉은 소나무 밭이 있는 곳. 거기에 내 편안한 몸을 누이고 싶기 때문이다.

눈부신 햇살이 빛나는 푸른 전원이 가득히 보이는 양지 바른 언덕에 서서 사랑하는 이의 목소리를 듣고 싶기 때문이다. 무지개처럼 떠나보낼 수밖에 없는 열여덟 살 네 청춘의 이야기가 거기 살아 숨 쉬기 때문이다.

내 아버지와 어머니, 내 아이들이 자라는 곳. 거기에 고향이 있기 때문이다. 산과 나무가 있고, 넓은 강가의 모래사장이 가득 사이로 흘러내리는 곳. 그곳에 내 이야기가 있기 때문이다.

저 산 너머 또 산 너머로 하얀 뭉게구름과 파아란 하늘이 보이고, 누군가 내 사랑하는 사람이 살고 있을 것 같은 군더더기 없는 내 사랑의 이야기가 거기 남아 있기 때문이다.

소나기 오는 날

소낙비 내리는 날엔
사람들의 옷깃도 두터워지고
그대의 입술은 파랗게 떨리었다.
차갑게 에이는 바람 때문인가?
비에 젖어 초췌해 떨리는 모습인가?

그러나 아름다움은 지금 부터이다.
비에 젖은 그대의 옷깃을 누군가 고이 접고
비바람에 젖은 그대 얼굴을
누군가 포근한 미소로 감싼다.

그대의 작은 아미 옆으로
포근히 다가오는 따스한 바람은
어느새 짓푸른 평원이 된다.
사랑이다.

작업___실

내 작업실은 항상 어수선하다.
오선지 가득한 음표들이 춤을 춘다.
이리저리 쌓아둔 책들은
잠시 머뭇거릴 틈을 주지 않는다.
보아라. 춤추는 마루엔 환희의 음성이 들리고
그대와 내가 함께 하는 보금자리엔
사랑의 종소리 울리지 않는가?

당신이 매일 쓴 일기장엔
그대의 우아한 자태가 보이고
그대의 단아한 목소리 들리지 않는가?

책과 노트가 일어나
그대의 노래를 부르며 춤추는 시간엔
당신의 고운 얼굴을 그윽한 미소로 바라보아야겠다.
창가에 서서
지금 길을 달려오는 당신의 모습을 이야기하며
몇 줄의 음표로 오선지에 당신의 그림을 그려야겠다.

사랑이란 이름으로 그대의 이름을 외쳐 부를 때
온 세상이 다 듣도록 나는
내 사랑의 이야기를 들려주어야겠다.

시와 음악과___사랑

오늘 오선지 하나 가득
그대의 이야기 담고 있다.

그 작은 글씨 하나로
깨알같이 이루어진
사랑타령을 노래하고 있다.

죽을 땐 죽더라도
지금 죽자는 이야기는 말자.

인간이 되어
인간의 사랑을 받아서
서울 바닥에 자라는 나는
처절한 기억을 한다.

그대가 내게 남겨준
사랑이야기를.

내 사랑을 이야기한다면

그 누군가가 내 사랑을 이야기한다면
나는 그 이야기보따리를 밤새워 풀리라.
내가 잃어버렸던 사랑이야기와
다시 찾은 행복의 미소,
그리고 엉겅퀴처럼 자라 오르는
아름다운 인생의 이야기를 헐리라.
다 담을 수 없는 내 사랑의 이야기를
끝이 없이 펼쳐지는 지평선처럼

사랑은 거기서 굽이 올라 나를 기억하지.
당신은 알려나. 당신과 나의 사랑이야기를.
지나간 자락에 피어오르는 내 어린 시절 환상들은
당신과 나 사이의 영상을 담아 사랑으로 기록하리.
그렇다네. 사랑이야기는 당신과 나의 영상으로 남는다네.
시릴 정도로 아픈 당신과 나의 추억들을
그림같이 아름다운 전원으로 만들어낸다네.
언제 우리 그곳에 가
시리도록 애틋한 사랑이야기를 꺼내 볼까나.
그곳엔 너와 나의 사랑이야기가 저축되어 있을 테니.
그곳엔 영영 너와 나의 사랑이야기가 계속 피고 있을 테니.

산길

산길. 길을 나서면 파릇파릇한 새싹이 인사를 한다.
도도한 바람결에 빛나는 당신을 떠나
너울거리는 당신의 모자에 춤을 추며 인사를 한다.
언제부턴가 서있는 소나무에 그대의 이름표를 붙여야겠다.
더 이상 날 떠나지 않고 날 사랑하도록.
우리 여기 노닐다간 이 거리의 이야기를
소나무는 혹 기억하고 있지나 않을까?
푸른 들과 파란 잔디가 있는 하늘.

우리가 여기 앉았다가 다시 만나는 시간을
그대의 하얀 치마에 밴 풀물이 일어나 앉아
당신은 어설픈 웃음으로 인사하며 부끄러워했다.
산비둘기도 춤을 추고, 꾀꼬리가 낯 뜨거운 소리로 놀려대는
유난히 하늘이 높고도 높은 날
긴 창이 있는 모자조차도 당신의 빛나는 얼굴이 눈부시어
하늘의 햇살조차 다 가리지 못할 때
꽃무늬 빛나는 양산 하나
당신의 포근한 미소를 달래주었다.

당___신

당신의 매력은 단아한 미소.
덩산의 매력은 보아도 보아도 지치지 않는 얼굴
당신의 매력은 아무리 아무리 바라 보아도
하늘처럼 빠져드는 고운 눈동자.
아무리 달리고 또 달려도 싫증나지 않는 파란 바닷가
눈부신 햇살.
당신의 매력은 아무리 아무리 멀리 떨어져 있어도
또 생각나게 하는 기품 있는 자태.
그 누구도 근접할 수 없는.
당신의 매력은 당신.

너는___누구인가?

산길을 홀로 가는 너는 누구인가?
말없이 언덕에 서서
산새소리 등지고 세월을 거스르며 사는
그대는 누구인가?

소나무

지난 번 태풍에 다시 일어날 수 없을 것 같은
소나무는 튼튼히 자랐다.
사람들이 다시 심고 가지를 잘라주어
무사히 살아날 수 있었다.
소나무. 우리 민족의 상징이다.
지천에 널린 소나무, 그러나 많이 잃어버렸다.
그래도 조금 남아 있는 소나무를 잘 가꾸자.
우리 민족의 상징 아닌가?

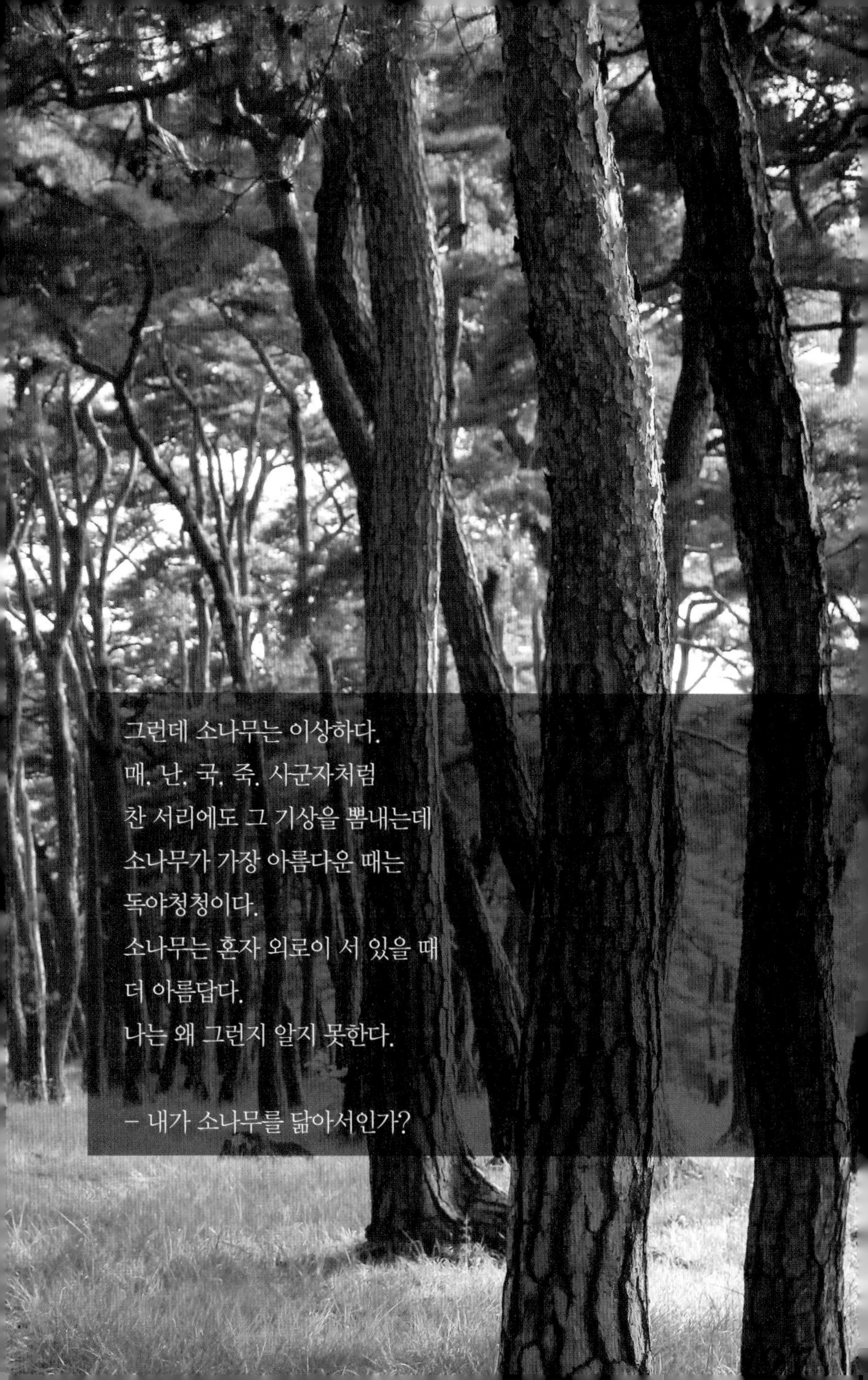
그런데 소나무는 이상하다.
매, 난, 국, 죽. 사군자처럼
찬 서리에도 그 기상을 뽐내는데
소나무가 가장 아름다운 때는
독야청청이다.
소나무는 혼자 외로이 서 있을 때
더 아름답다.
나는 왜 그런지 알지 못한다.
– 내가 소나무를 닮아서인가?

영___원

우리는 영원한가?
영원하고도 사라지지 않을 것은 무엇인가?
지금 길을 떠나는 나는
기차여행에 기대었다.
말없이 창가를 응시하는 사람들.
아웅다웅 이야기를 나누는 사람들.
그리고 그들의 이야기에 귀를 쫑긋 세우는 사람들.
하얀 이어폰 너머로 연신 책장을 넘기는 학생들 사이에 있다.
우리는 무엇을 하며 지내는 것이 바람직한가?
우리는 영원한가? 과연 오늘이 변하지 않는가?

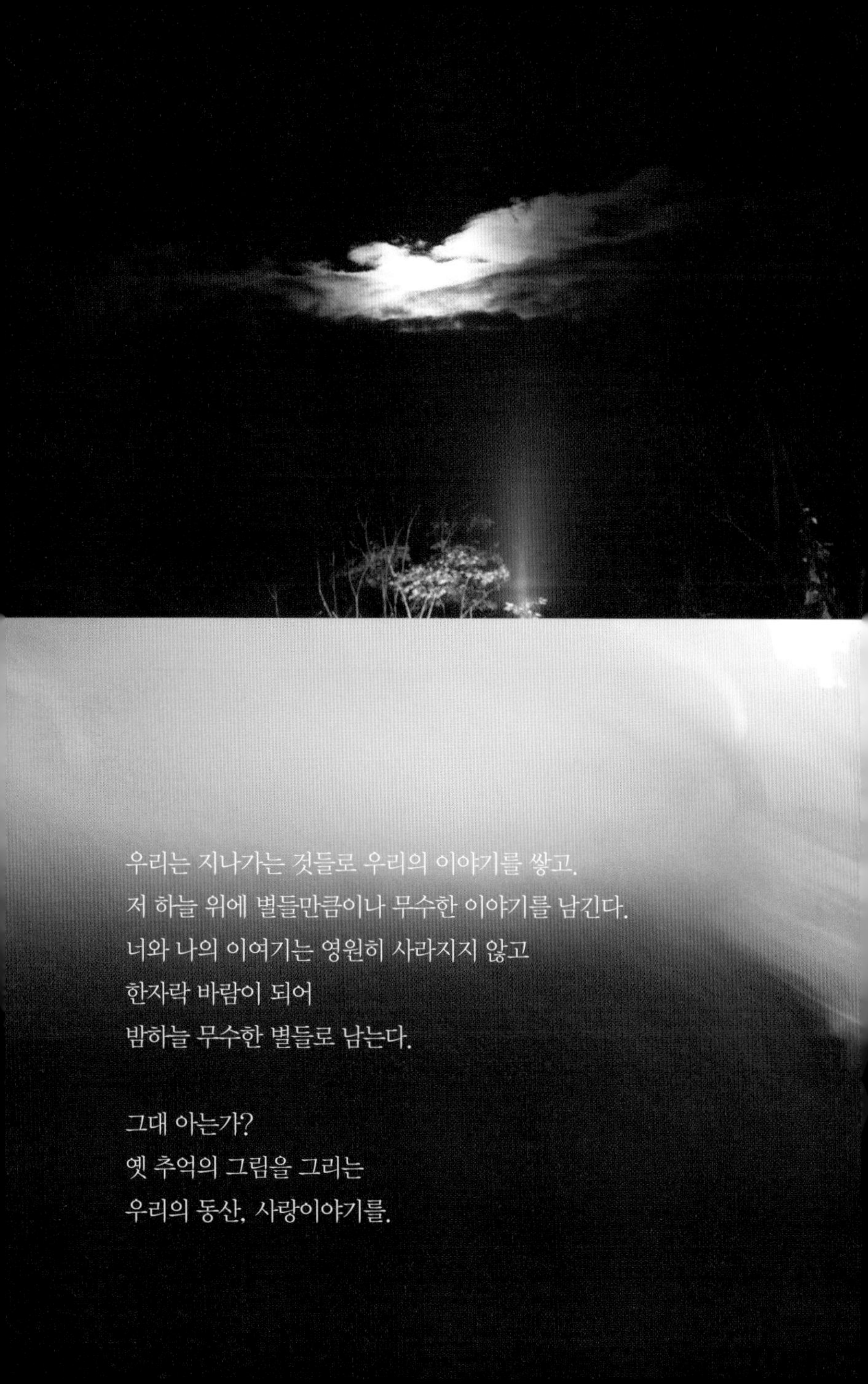

우리는 지나가는 것들로 우리의 이야기를 쌓고,
저 하늘 위에 별들만큼이나 무수한 이야기를 남긴다.
너와 나의 이여기는 영원히 사라지지 않고
한자락 바람이 되어
밤하늘 무수한 별들로 남는다.

그대 아는가?
옛 추억의 그림을 그리는
우리의 동산, 사랑이야기를.

진혼

우리는 죽어도 죽지 않고
우리의 육체는 썩지만
우리의 영혼은 남아
이야기를 그리는 것, 알고 있지 않는가?

당신과 나의 애틋한 이 사랑은 지워지지 않아
영원의 이야기로 남아 있는 걸 기억하는가?
그대 사랑이 무엇인지를 아는 까닭에
그대를 사랑하노니, 그대를 기뻐하노니
영원이란 이름으로
그대 이름을 내 가슴에 담는다.

수수료___3000원

현금은 조금, 출금 해 놓은 것이 있어
다시 은행에 입금을 해야 하는데.
내가 거래하는 은행의 현금 자동인출기가 없다.

약
정일
약
약방
약
약

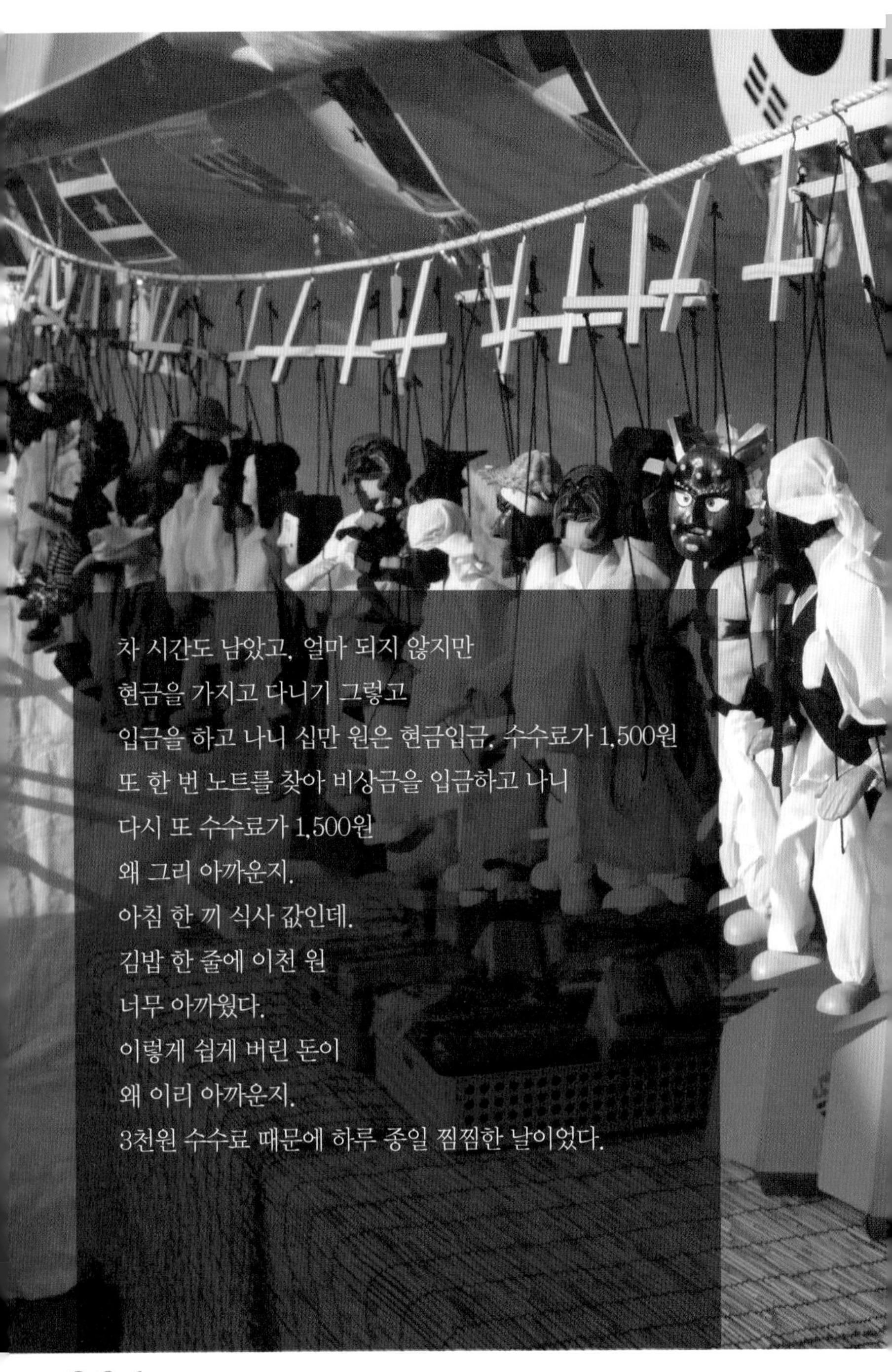

차 시간도 남았고, 얼마 되지 않지만
현금을 가지고 다니기 그렇고
입금을 하고 나니 십만 원은 현금입금. 수수료가 1,500원
또 한 번 노트를 찾아 비상금을 입금하고 나니
다시 또 수수료가 1,500원
왜 그리 아까운지.
아침 한 끼 식사 값인데.
김밥 한 줄에 이천 원
너무 아까웠다.
이렇게 쉽게 버린 돈이
왜 이리 아까운지.
3천원 수수료 때문에 하루 종일 찜찜한 날이었다.

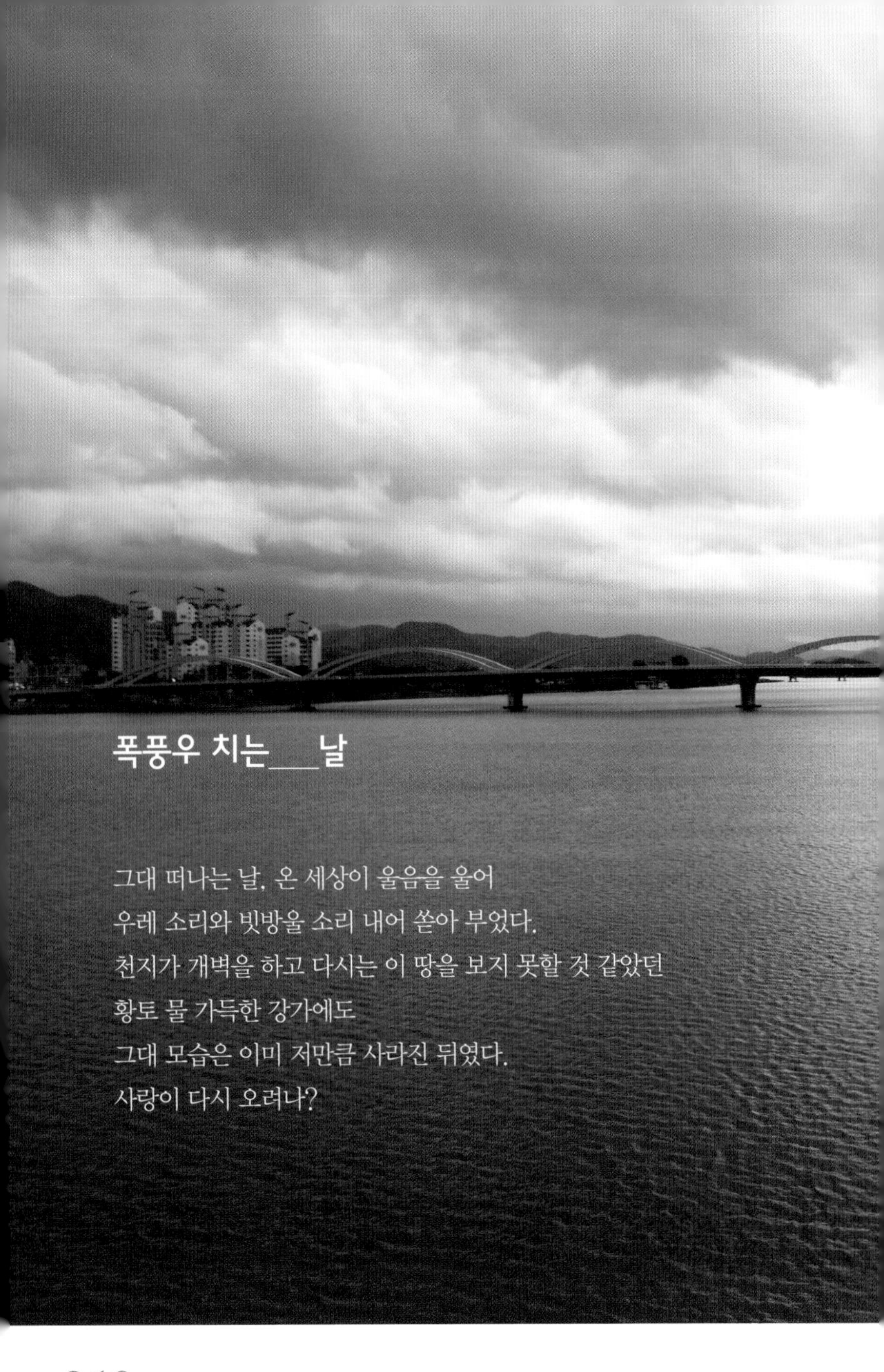

폭풍우 치는 날

그대 떠나는 날, 온 세상이 울음을 울어
우레 소리와 빗방울 소리 내어 쏟아 부었다.
천지가 개벽을 하고 다시는 이 땅을 보지 못할 것 같았던
황토 물 가득한 강가에도
그대 모습은 이미 저만큼 사라진 뒤였다.
사랑이 다시 오려나?

빗줄기가 가늘어질 때면
찬란한 길을 만들어 내는
어둠속의 네온사인이 비치는 빗줄기 사이로
그대 모습은 저만큼 총총히 사라져갔다.
그대 아는가? 사랑이 다시 움트길 기다리는 것을.
언제쯤 그대는 사랑의 가슴을 안고 다시 오려나.
사랑아! 이젠 이 빗 사이를 일어나 내게로 다시 오렴
사랑아! 그대 이야기 다시 들려줄 때는
새벽 물안개처럼 내게 다시 돌아오렴.

햇살이 빛바랜
내 여린 얼굴 속에 비치어지기를.

우리들이 만지는
보드레한 옷깃 속에서
베짱이들은
밤을 깊어만 갔다.

노래방
호프
소주

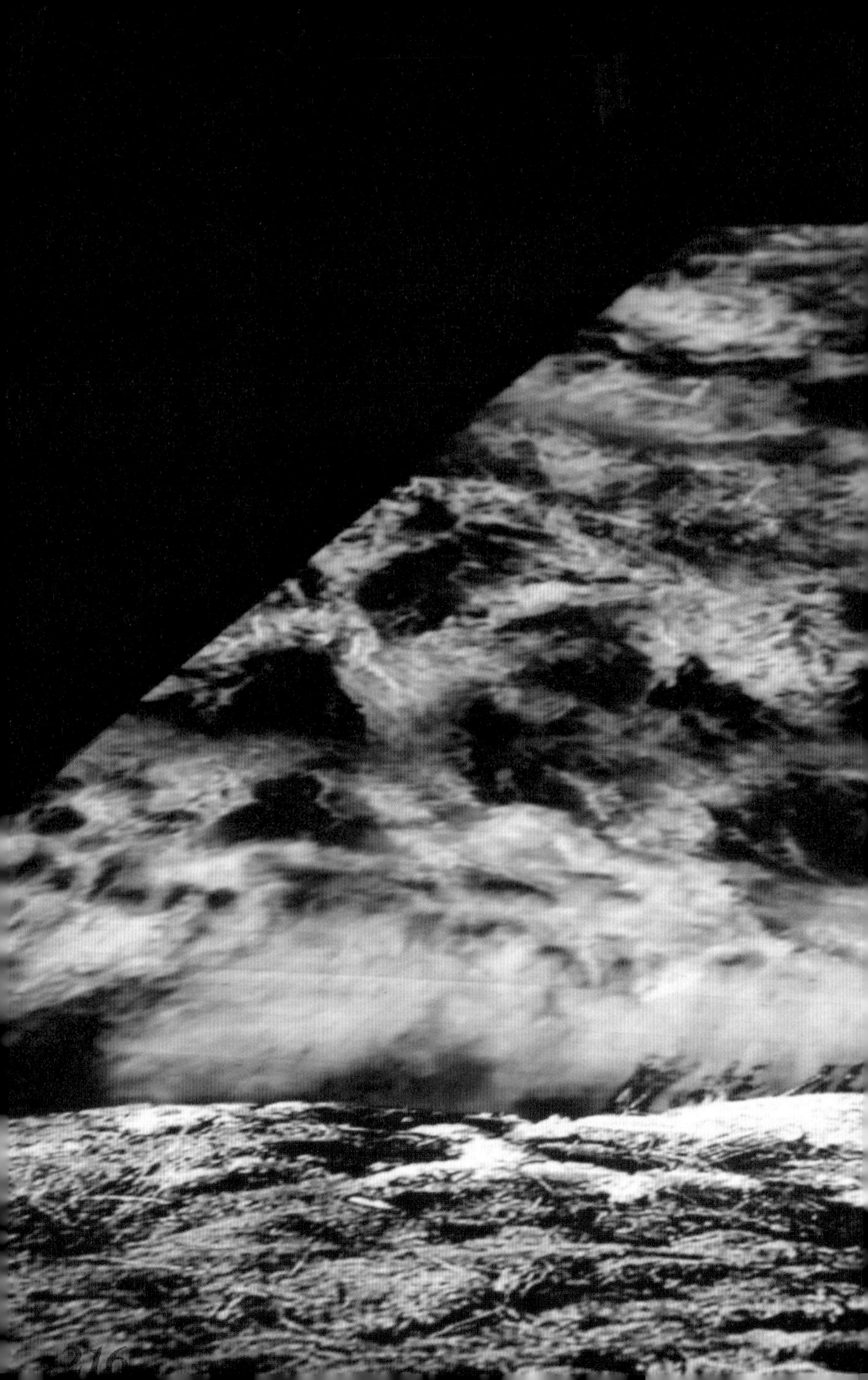

초원의 빛

그대 모습은 비온 뒤 활짝 갠 하늘과 같습니다.
온 세상이 초록에 물들어
오늘 내린 비에 모든 먼지를 씻어낸 듯한
깨끗한 한여름의 찬란한 햇살처럼 내게 비취었습니다.
문을 열고 길을 보아도
거기에서 당신은 커다란 차양의 모자를 쓰고
한여름의 햇살처럼 그렇게 화안히 웃고 있었습니다.

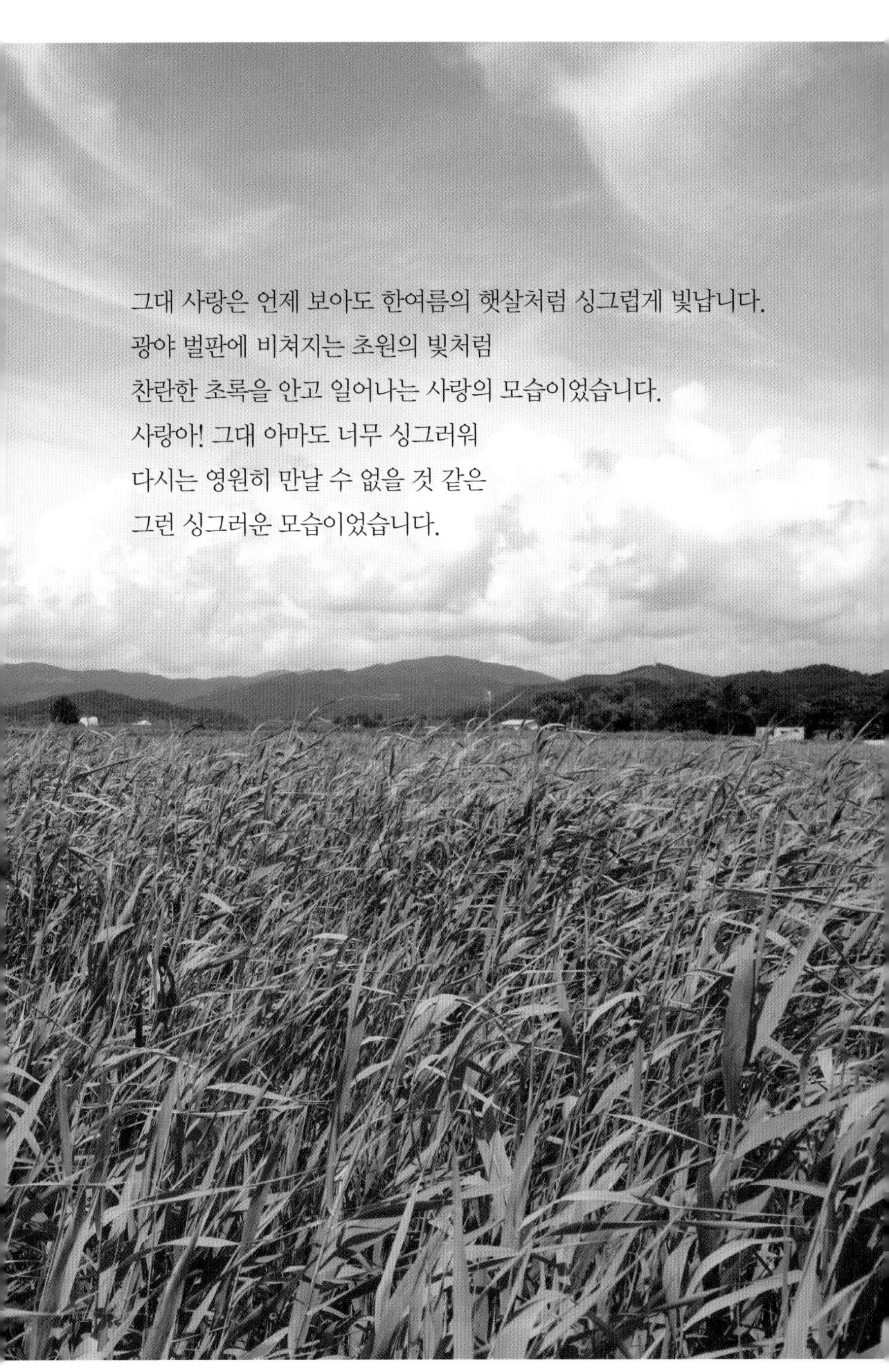

그대 사랑은 언제 보아도 한여름의 햇살처럼 싱그럽게 빛납니다.
광야 벌판에 비쳐지는 초원의 빛처럼
찬란한 초록을 안고 일어나는 사랑의 모습이었습니다.
사랑아! 그대 아마도 너무 싱그러워
다시는 영원히 만날 수 없을 것 같은
그런 싱그러운 모습이었습니다.

오색__찬연

내가 좋아하는 색깔은
빨강 노랑 파랑 초록 보라, 오색
이 다섯 가지 색깔이 모이면 찬연하다.

빨강 노랑 파랑 초록 보라, 오색
이 다섯 가지 색깔이 모이면 찬란하다.

원근이 천박스럽지 않게 잘 어우러지면, 아름답다.
어디에 어떻게 비춰느냐에 따라
어떻게 순열을 만들고
어떻게 조합하느냐에 따라 길은 만들어진다.

빨강 노랑 파랑 초록 보라, 오색
내가 아끼고 또 아기는 색상이다.
초록을 열둘로 바꿀까?
그래도 내가 사랑하는 건, 이 다섯 가지.
색상이 어울려 만들어 내는 오색찬연.

그대 아는가? 사랑은 화려함으로 부활하고
순박한 미소를 띄되 천박하지 아니한
고귀한 모습으로 오는 걸. 오색찬연이다.

파도

파도가 거센 날은 폭풍 때문에 배가 뜰 수 없답니다.
내가 당신을 기다리는 날에도
안개 자욱한 부두 너머로 파도가 거세게 몰아치고 있었죠.
보아요. 그대를 처음 만나던 날
그때에도 비가 내렸죠.
파도가 거세게 몰아치던 날
바닷가 부두를 삼켜버릴 만한 거대한 파도가
그대와 내게 몰려오고 있었죠.
당신과 내가 잡은 손이 떨어질 새라
눈을 붙일 틈도 없었죠.
그러나 모두가 알게 되듯이
파도를 넘어 오늘 우리는 이렇게 건재하잖아요.
내일 아침에 또 파도가 또 몰려올 것이고
안개 가득한 바람이 파도를 또 몰고 오겠죠.
그렇지만 걱정하지 않는답니다.
안개 가득한 파도는 내일 따뜻한 바람을 안고, 햇살을 안고,
그대를 포근한 내 품에 데려다 줄 것이니까요.
오! 그대! 내 사랑!

편지

나는 편지를 쓴다.
주소도 없고 종이도 없고,
시간의 여유도 없다.
겉봉에는 커다랗게 박힌 이름.
그녀의 따스한 입술이 열리고,
어제 종일 마무리 지은 시구(詩句)를
다듬고 고치는 시인이 되었다.
편지가 앞산에 부쳐지면
먼동이 가득 터 올 텐데.
태양은 불이 붙고,
편지에 다정한 미구(美句)를 기록할 시인은
아직 힘이 없다.
오늘 편지를 보내야 할 텐데.

그대 내___사랑

지나간 뒤에 알게 됩니다. 그것이 사랑이었다는 것을.
지나간 뒤에 알게 됩니다. 그대가 내게 다가오는 날인 것을.
산을 넘고, 들을 건너, 고개를 넘고,
내를 건너 그대에게 달려갑니다.
이 길이 그렇게 어려웠을 줄은
이 길이 그렇게 멀었을 줄은.
지나보면 부끄러운 고백입니다.
이 길이 그렇게 멀리 느껴졌을 줄은.

그대가 있기에 나는 행복하고
그대가 있기에 내 미소를 보여줄 사랑이 있고
그대가 있기에 내 얼굴은 평안으로 빛난답니다.

그대 내 사랑! 아프지 마세요!
건강하게 살아요. 그리고 오래오래 살아요.
그대 내 사랑! 그대가 있기에 나는 행복하고
내 인생은 사랑으로 더욱 빛난답니다.

산

산을 올랐다. 들을 지났다. 내를 건넜다.
그리고 언덕을 올랐다. 드디어 정상이다.
굽이굽이 내려 보는 동리.
저 산 너머엔 또 누가 살고 있을까?
보아요 보아요. 그대 얼굴을 그린답니다.
하얀 백지장 도화지 위에 산을 그리고. 또 거기에 계곡을 그리고
계곡을 넘어서 굽이굽이 산길을 넘어
마지막엔 그대의 얼굴 그리지요.

언제 보아도 아름다운 그대 얼굴.
이 산길을 지나 하얀 도화지 위에
그대의 하얀 얼굴 그리지요.
태양이 빛나는 산마루엔
그대 얼굴이 사랑을 숨 쉬고 있죠.
시원한 바람이 몰려와
쏴아와— 쏴아와—
그대의 뽀오얀 얼굴의 땀방울을 쓸어내린답니다.

길

길을 걸었다.
말없이 돌담길을 홀로 걸었다.
모두 다 연인과 팔짱을 끼고
사랑의 이야기를
담쟁이풀 가득한 담장에
소곤소곤 그려 보인다.

저녁 어스름 길,
길을 걸었다.
산마루에 능선이 보이는 성곽길을
홀로 걸었다.
바람이 그칠 때까지.
수많은 사람들이 오가는 거리 그 너머로
당신이 다가올 길을 만든다.
괜한 어스름의 길을 만들었나 보다.
그대 사랑을 밟고 오라는 길을.

꽃의 ___ 정원

아침 자리에서 일어나면
베란다의 소담스런 이야기에 자리에서 일어난다.
두 팔을 벌려 춤을 추는 빨간 영산홍으로부터 장미까지
한 여름의 계절을 즐거워한다.
당신이 남겨 놓은 이야기로 물샐 틈 없는 꽃의 정원
언제부턴가 나는 당신의 손길에 익숙해져 있다.
꽃들이 남긴 언어와 노래 사이로
세월을 거슬러 갈 수 있는 방법을 배우고
꽃들 사이에서 노래 부르는
새들의 이야기에 잠시 귀를 기울인다.
우리 다시 만날 수 있으리.

이별을 기약하기엔 이른 시간이련만
가장 화려한 팔을 벌리는 영산홍 줄기들이 계절의 나래를 편다.
언제든 화려함 뒤에는 아련한 그리움도 있으니
추억을 만들기엔 너무나 아까운
그렇지만 빛들이 일어나는 시간을 찾아
화려한 채색 옷을 더욱 뽐내야겠다.
더 이상 이 찬란한 계절이 가기 전에
그대의 빛나는 얼굴 가슴에 새겨야겠다.
내 사랑아. 바로 이 꽃들 사이에서 노래를 부르려무나.
자작나무 커다란 숲들이 오기 전에
네 어여쁜 자태를 모두 뽐내어 보렴.
더 이상 커다란 나무가 되기 전에
이 모든 사랑을 품에 안아야겠다.
당신의 커다란 나무가 되기 전에
이 모든 사랑을 품에 안아야겠다.
당신이 남겨놓은 자취 거기에
내 옥색저고리와 분홍치마를 걸고
당신이 오는 모습 기다려야겠다.
사랑이라는 이름으로 오는
그대 소담스런 사랑이야기를 마저 들어야겠다.

잠들면___그대 시인이 되리

잠들면 그대 시인이 되리.
너무 정갈한 섬돌 위엔
가지런한 신발이 놓였고.
그대 하이얀 솜털 깃에 쌓인
시인(詩人)이 되리.
이 밤을 떠난 모든 새여.
그대 마음에 나래를 펴고
깃털을 뿌리며 모여 드려므나.
봄날 양지 가에만 피던 꽃아.
이제는 여기와 피려므나.
향기는 잊어버리지 말고 찾아오려므나.
벌새야, 너도 먼 길을 가려고만 마라.
그대 위해 찾아가는 숨결이 되라.
잠이 들면 그대 시인(詩人)이 되리.
위대한 전투의 영웅, 아니 살인범,
혹은 후미진 골목의 늙은 창녀여!
밤이 되면 그대,
하이얀 섬돌 위에 가지런한 신발이 놓였고…
백지 창에 문 잠근 그대.
그대 하이얀 시인(詩人)이 되리.

오후 다섯 시의 기차

무얼 이야기함인가
오후 다섯 시.
어김없이 안동 터미널
달리는 그대
다리 위를 떠나는 기적소리.
결국 당신인가.

보아야 하늘 위 달 구름
넘어가는 저녁노을.
다시 고운 꽃잎에 필 수 있겠지.
지나간 뒤엔 모든 것을 사랑하고,
그 이후엔 더욱 아름답고.
다가오는 고향이
나의 고향이.
수면 위에 떠 있는
결국 나뭇잎 하나가.

물___안개

우리가 걸어가는 길은 물안개 피어오르는 언덕길
아침마나 일어나 새들의 꿈을 그린다.
사랑을 그리워하는 새는 물안개 피는 언덕길을 날아오르고
희미한 안개 속에 새 삶을 찾아 떠난다.
혹 알 수 있으리.
그대가 함께 태양처럼 떠오르는 황금빛 물결 속엔
우리의 꿈도 포근히 숨 쉬리니.
우리의 꿈은 행복 그 자체이다.
당신과 내가 만드는 보금자리엔
평안의 미소를 띠는 오늘의 이야기.
하나 둘, 함께 인생을 엮어가야 할 사람입니다.
영원히 당신과 내가 만들어가야 할
보금자리의 한 이야기입니다.

희 망

너와 내가 가슴에 함께 품고 있는 것은
희망이다.
오늘이 어제보다 더 나아지리라는 것과
오늘보다 내일이 더 좋아지리라는 것.
희망이 없다면 오늘은 더 무미건조해지고,
내 인생은 더없이 낙심할지 모른다.
그래도 내일이란 희망이 있기에 오늘을 즐거워하고
인생의 의미를 되새기며 즐거워하며 기뻐한다.
그대 아는가?
사랑이란 말없이 와서
말없이 우리 안에 스며드는 것.
우리가 아낄 수 있는 것은
당신과 나의 사랑이다.
우리 오랜 세월동안 애틋하게 맺어진
인내와 소망으로 만들어 놓은 우리 사랑이다.
그리고 그 사랑 가운데서 일어나는 희망이다.

산___림

요즘 산을 가면 들어갈 수가 없다.
얼마나 나무가 우거졌는지
소나무 숲에 하늘이 보이지 않고
내가 가야할 길을 잃어버리기 십상이다.
군데군데 골자기의 이름을 써 놓았지만,
더 이상 들어갈래야 들어가기조차 어려운
깊은 산길뿐이다.

어렵게 길을 찾을라치면
냇가로 이이져 어디가 길인지 알 수 없다.

요즘 들어 생각한다.
내가 이 숲속에 빠져 있는 것은 아닌지.
사랑을 찾아 헤매던
애틋한 어린 시절을 잊어버리고,
피곤에 지쳐 하늘도 보이지 않는
나무 숲속 한가운데서 쉬고 있는 것은 아닌지
알 수 없는 일이다.

내가 숲에 묶여 내 갈 길을 잊고 있는 것은 아닌지
그리고 내 사랑을 잃어버리고 있는 것은 아닌지
정말 알 수 없는 일이다. 정말 모를 일이다.

바꿀 수 없는___것

바꿀 수 없는 것, 당신을 향한 나의 사랑.
바꿀 수 없는 것, 당신을 향한 내 열정
바꿀 수 없는 것, 당신을 보호해야 한다는 나의 열망.

이 세상을 살아가는 것은
당신을 향한 나의 소망 때문이니
사랑이 없다면, 이 세상은 달라지지 않을 것이고
당신을 향한 사랑이 없다면,
이 세상을 살아가는 삶이 무의미해질 터이니.
당신을 향한 내 사랑이 있다는 것.
이것이 행복이다.
사랑이 없다면, 그 아무 것도 내겐 의미가 없어지리니.
내게 평생 바꿀 수 없는 것.
그대를 향한 열정과 사랑이다.

눈물___빛깔

내가 흘렸던 눈물은
맑은 샘물, 하얀 목련 빛깔이었습니다.

주왕산 기암 사이 너머 계곡
폭포가 흐르는 해맑은 바위 틈새로
다가오는 당신의 사랑이야기
그 영롱한 목소리의 빛깔이었습니다.

흘러도 흘러도 끊임없이 떨어지는 폭포처럼
그렇게 마음을 떠나보내지만
내 마음의 샘은 깊어
당신과의 사랑이야기를 못다 버리곤 한답니다.

지금도 내 눈물 가운데는
미소 띤 당신의 모습이 담겨
나이 오랜 폭포수를 따라 흘러내리지만
언덕에서 피어오르는 하늘 빛깔.
거기에는 아직도 내 마음이 널려 있답니다.

묻어도 묻어지지 않는 샘물
내 하얀 쪽빛, 당신과의 사랑이야기가 소리쳐
만든 눈물빛깔이랍니다.

芝村
文學館

여름

SUMMER

가을

AUTUMN

– 이야기 넷 –

가_을

이야기 넷,

가을

왜 사진에 이야기를 담느냐고 묻는다면, 거기에 이야기가 숨 쉬고 있기 때문이다. 누군가를 만나고, 누군가에게 사랑을 이야기한다면, 그 한 순간 그 모습을 담아낼 수 있기 때문이다. 당신과 내가 서 있는 이 자리, 그 의미를 찾아낼 수 있기 때문이다. 아무도 가보지 않은 거기에 내 사랑의 힘을 담아낼 수 있기 때문이다.
실물이 있는 사진은 이야기를 만들고, 그 이야기는 갖은 채색을 넣어 또 다른 영상과 이미지를 만들어 당신과 나의 이야기를 담아내기 때문이다. 그래서 나는 사진을 좋아한다. 늘 그랬듯이, 어린 때에도 그랬듯이, 내가 하고 싶은 일이기 때문이다.

세월이 지나도 변치 않고 이 이야기를 남겨 또 다른 세대의 아들들에게 들려줄 수 있기 때문이다. 사진을 보면 세상이 보이고, 세상 속에는 아름다운 풍경이 있고, 거기에 내 사랑을 담아 고이 간직하고 싶은 때문이다.
거기엔 전원이 있고, 나무가 있고, 풍경이 있고, 바다가 있고, 강이 있고, 아름다운 연인의 모습도 보인다. 중후한 노년의 부부가 걸어가는 담벼락이 있고, 그대의 사랑의 미소가 거기 있기 때문이다. 그래서 나는 사진을 좋아한다. 거기엔 너와 나의 동화 한 편과 시 한편, 그리고 영원히 사라지지 않는 이야기가 남아 있기 때문이다.

가을___편지

가을에는 무엇을 할까요? 유난히 그대 생각이 나는 날.
그대에게 코스모스 고이 접어 넣고 편지를 씁니다.
보아요! 지금 나 그대에게 편지를 쓰고 있답니다.
그대는 알죠. 내가 당신을 사랑한다는 말을.

가을에는 그대에게 편지를 씁니다. 그래요.
가을 편지는 남의 이야기로 알았죠.
그런데, 그대 내 사랑! 당신에게 편지를 씁니다.

당신과 내가 좋아하는 코스모스 길 사이로
그대의 모습 보인답니다.
당신이 다 도착하기 전에
이 편지를 그대에게 보이려고 해요.

그대 아나요? 내가 당신을 얼마나 사랑하는 줄을.
둘이 걷던 햇살 피어오르는 코스모스 길가
지금부터 영원히 잊지 않았으면 해요.

코스모스 아지랑이 가득한 길을 따라
거기에서 내가 당신을 기다리고 있을 테니까요.

내가 ___ 당신을 사랑하는 것은

내가 당신을 사랑하는 것은
당신의 얼굴 가득히 화안한 미소가 있기 때문입니다.
내가 당신을 사랑하는 것은
당신의 미소 가득히 사랑과 애증과 연민이
가슴속에서부터 함께 피어오름을 알기 때문입니다.

내가 당신을 사랑하는 것은
당신의 도톰한 가을 옷깃 너머로
빨간 단풍잎과 같이 세련된 당신의 자태에
그 누군가도 접근하지 못할 엄숙함이 느껴지기 때문입니다.
내가 당신을 사랑하는 것은
당신이 남겨놓은 풍성한 가을과 같은
성숙한 여인의 기품 있는 향기를 내가 보았기 때문입니다.

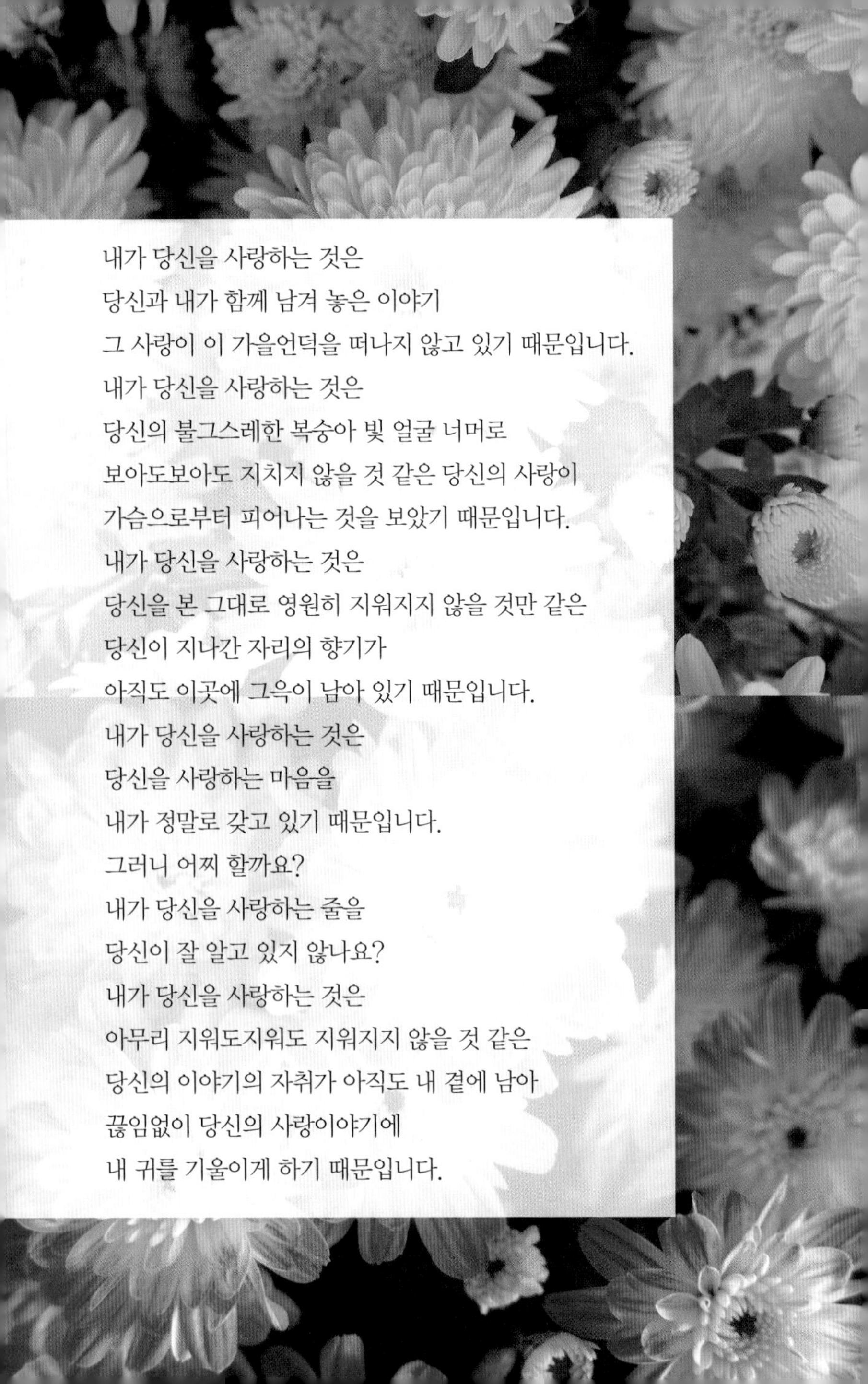

내가 당신을 사랑하는 것은
당신과 내가 함께 남겨 놓은 이야기
그 사랑이 이 가을언덕을 떠나지 않고 있기 때문입니다.
내가 당신을 사랑하는 것은
당신의 불그스레한 복숭아 빛 얼굴 너머로
보아도보아도 지치지 않을 것 같은 당신의 사랑이
가슴으로부터 피어나는 것을 보았기 때문입니다.
내가 당신을 사랑하는 것은
당신을 본 그대로 영원히 지워지지 않을 것만 같은
당신이 지나간 자리의 향기가
아직도 이곳에 그윽이 남아 있기 때문입니다.
내가 당신을 사랑하는 것은
당신을 사랑하는 마음을
내가 정말로 갖고 있기 때문입니다.
그러니 어찌 할까요?
내가 당신을 사랑하는 줄을
당신이 잘 알고 있지 않나요?
내가 당신을 사랑하는 것은
아무리 지워도지워도 지워지지 않을 것 같은
당신의 이야기의 자취가 아직도 내 곁에 남아
끊임없이 당신의 사랑이야기에
내 귀를 기울이게 하기 때문입니다.

고귀한___사랑

우리가 그 무엇으로 살 수 없는 것
우리가 아무리 많은 돈으로도 얻을 수 없는 것.
그것은 당신과 내가 쌓아놓은 자비와 사랑이다.
사람들은 쉬이 얻어지고 쉬이 간직할 수 있는 것을
사랑이라 생각하지만, 그렇지 않다.

돈보다도 소중한 것.
많은 은과 금보다도 더 귀한 것.
사랑을 돈으로 살 수 있을 거라 생각하지만,
전혀 그렇지 않다.

우리에게 슬픔이 있어도
그것을 극복할 희망과 용기를 주는 것.
우리가 힘들어도
더 나아진 삶을 희망하며,
미래를 꿈꿀 수 있게 하는 것.
전혀, 그 어떤 값비싼 것으로도 바꿀 수 없는 것.
사랑이다.

혹 터질 새라, 혹 금이 갈 새라
애틋하게 보듬어 안으며 품에 안는 것.
이보다 더 귀한 값진 것이 있으랴?
단칸방이어도, 혹 작은 창문이 있는 햇살이 잘 들지 않는
좁은 방안이어도
어제보다 내일이 더 나을 것이라고 기대할 수 있는 것
그것이 바로 사랑이다.

사랑이 없으면
이 세상은 그 아무런 의미가 없어지고
내 인생은 정말 멋없어지리라.

다시 당신을 만나 꿈을 꿀 때도
거기에 당신을 향한 열정과 애정이 없다면
우리는 정말 무미건조해지는 것.

내 인생은 당신이 있기에 정말 행복하다.
당신의 포근한 가슴속 한가운로부터 우러나오는
당신의 사랑이 있기에 나는 정말 행복하다.

단풍

단풍이 노랗게 물들은 날엔
빨간 단풍을 그리워합니다.
그대가 입고 있던 옷처럼
노란 옷과 빨간 옷은
처음 당신을 만났을 때
그리고 두 번째 당신을 만났을 때
당신이 입고 있었던
내가 가장 좋아하는 옷이었기 때문입니다.
온 땅에 단풍이 노랗게 물들은 날은
남은 빨간 단풍잎을 찾아보렵니다.
그대를 처음 만났을 때
그대를 다시 만났을 때
영원히 내게 남아있는
소중한 사랑이기 때문입니다.
사랑해요. 당신!

자유로이 떠나는___여행

- 천안역에서 -

자유를 만끽하는 너는 누구인가?
아침 전철역을 일어나
시내, 저자거리를 깨우는
너는 누구인가?

아침, 김밥 집 아주머니의 따뜻한
국물이 목을 데울 때면,
학생들은 하나 둘 길을 떠나 책장을 펴고
아침 도심에서 떨어지지 않은 들녘엔
아침 안개가 서린다.
그래야겠다.
주말에는 반드시 새벽에 일어나
아침, 커피를 타야겠다.
그리고 기나 긴 여행을 당신을 위해 함께
떠나는 길
지금까지 잃어버린 여유를 찾아야겠다.
너와 함께 남아있는 이 길에서
잠시 그대 얼굴을 물끄러미 쳐다보아야겠다.

사랑이 가득한 미소로.........

서원
110
서원
108

하옥포3길
43
↑
Haokpo 3-gil
1
아침식사됩니다
올뱅이국밥

그냥___마냥 여행을 떠나고 싶다

오늘은 이곳에서 자고
내일은 저곳을 향해 마냥 떠나고 싶다.

그대 사랑의 이야기르 담아
이곳에서 새로이 아침 여정을 시작하고 싶다.

지금까지 가득한 짐일랑
모두 하나 둘, 내려 놓고 싶고
그대를 위한 일기를 하루 종일 쓰고 있다.

그대 아는가? 사랑이 피어오르는 거리
거기에 당신과 내가 머물고 있음을 아는가?

보아요. 사랑이 피어오르는 것을.
보아요. 그대와 내가 남겨놓은 발자취
거기에 모락모락 피어오르는 사랑의 이야기 보아요.

길 떠나 말없이 그대의 이야기 남겨놓을 테니
사랑이 무엇인지 한번 물어 보아요.

사랑___이란 이름으로

사람들의 가슴속엔 왜 사랑이 식어지는 것일까요?
사랑이란 말로 사랑하고
사랑이란 말로 보듬어 안고
사랑이란 말로 힘든 일을 함께 나누죠.
사랑이 있다면 이 모든 것을 이길 수 있는 것을.
사랑이 있다면 이 모든 것을 극복할 수 있는 것을.
사랑이 식어, 그대의 얼굴을 보지 못합니다.
가난에 어우러져 내 사랑하는 사람을 잃고
밤마다 괴로워하는 이들이 있습니다.
오직 이 고통을 이길 힘은 사랑뿐입니다.
오직 이 힘든 길을 헤쳐 나갈 길은
그대의 사랑뿐입니다. 사랑입니다.
사랑 때문에 힘을 얻고
사랑 때문에 길을 헤쳐 나가며,
사랑 때문에 어려운 난관을 극복합니다.
내가 당신을 사랑하며 그리워하는 것은
지금 당장은 어려워도 당신의 사랑으로
그 어려운 난관을 헤쳐 나가는 길을
내가 당신의 사랑에서 보았기 때문입니다.
내가 당신의 꿈속에서 보았기 때문입니다.

황간이용
미실

황간로 1→1062
Hwanggan-ro
1674 영동황간로 1670
황간흑염소
황간한의원

가을___이야기

당신을 처음 보았을 때 느꼈던
당신의 그 따스한 손길은
가을의 낙엽 안에서 나를 포근히 감싸 안았습니다.
노란 억새풀이 자라 하늘을 향해 두 팔을 들고 춤을 출 때면
당신과 나는 그 길을 끝까지 함께 걸었습니다.
다시 당신의 목도리가 도톰해지고
긴 머리카락이 바람에 흩날릴 때면
당신은 나뭇잎을 밟으며 총총걸음으로 내게로 달려왔습니다.

항상 노란 단풍잎이 거리를 메울 때면
당신이 걸어오는 그 길이 생각나
당신에게 가을편지를 씁니다.
당신이 걸어오는 노란 단풍이 가득한 가로수 길엔
은행나무가 서서 팔을 벌려 가을을 알리고,
나는 당신에게 편지를 씁니다.

언제나 내 사랑 내 곁에 있기를.
우리 사랑 오늘로부터 영원하기를.

그대

그리움이 넘칠 때면
그대에게 편지를 씁니다.
내 맘이 아플 때면
내 가까이 당신의 이름을 불러봅니다.
그대와 함께 영원히 함께 하리라고
내 맘속으로부터 그대의 이름을 외쳐 부릅니다.
사랑합니다. 그대.

그대와 함께 영원히 함께 하리라고
바람도 비도 거친 밤
그대가 가는 길을 헤아려봅니다.
내 어둔 맘, 말없이 걷습니다.
비 내리는 밤길을.

그대의 부드러운 숨결
가슴에 느끼려고
그대의 이름을 목청껏 외쳐 부릅니다.
내 마음 깊은 가슴속으로부터
내가 당신에게 쓰는 편지입니다.

소리___줍기

소리들이 있어.
오늘 이 아침 차 창가로 달려오는
수많은 소리들이 있어.
기도와 염원의 이야기.
그리고 파도와 춤추며 넘실거리는 언덕
나지막한 산이 어울려 부르는 사랑노래.
그런 소리들이 있어.
자유와 평화, 생명에의 절규.
생존을 위하여 한마디의 이유를 남길 때.
그 목소리 커다란 울림이 되어.
이곳의 소리로 남는다.
목을 움츠려 천년을 기다리는 학이여!
천년을 이어온 명맥이 또 천년을 거슬러 거슬러
한 마리의 학이 될 때
우리는 겨우 소리 내는 종이학을 접을 수 있기를 고대한다.
고향의 논두렁 가에 이삭이 필 무렵
밤새워 이룬 꽃들의 수술이 열릴 때
노래 소리 또한 잊지 않는다.
꿈을 깨어 일어나 세상을 볼 때
그 자동차 소리, 비행기 소리, 우주선 소리.
가도 가도 끝없이 흩어지는 소리, 소리들.
그 음향을 감지할 수 있는 기기들은

결국 세어 보면 몇 되지 않는다.
그래서 우리는 그 소리들을 잘 듣지 못한다.
사랑으로 시작하여
미소 띤 사랑으로 남아
끝없이 오늘의 이야기를 계속할 때
세월은 무수한 소리를 만들어 내고 있음을
이제야 느낄 수 있게 되리라.
억압과 눌림, 고통과 비애
이런 것들로부터 이제는 일어나라.
사랑으로 일어나라.
소리가 외치고 있다.
소리가 큰 소리가 사랑으로 외치고 있다.

내가 반드시 가지고 있어야 하는 것

내가 반드시 가지고 있어야 하는 것.
그것이 무엇인지 아는가요?
이 세상의 그 무엇보다도
내가 반드시 꼭 잃어버리지 않고
꼭 가지고 있어야 하는 것.
그것이 무엇인지 아나요?
바람이 몹시 차더라도
내가 당신을 보듬어 안을 수 있는 것.
저 황금 들녘을 지나
당신에게 가까이 다다를 수 있는 이유.

그것이 무엇 때문인지 아시나요?
그것은 바로 거기에
당신의 나를 향한 애정과 사랑이 함께 있기 때문입니다.
비바람이 불고 낙엽이 날려도
다시 폭풍의 여름이 가고 가을이 와도
내가 반드시 가지고 있어야 하는 것.
그것이 바로 사랑입니다.
그대 사랑이 있기에
내가 당신을 바라보며 행복해합니다.
내가 당신을 기다리며 안식을 얻게 됩니다.

후 일

후일 내가 가져갈 것은
내 고향의 이야기와 내가 내어 놓았던 사랑의 범위.
그 누군가에게 자선을 베풀고
그 누군가에게 잔정을 모으는
내 사랑하는 이야기가 모이는 소담스런 샘터 같은 것.
후일 내가 안식할 곳은
내 고향이 아늑히 내려다보이는 언덕바위와
냇가가 아득히 내려다보이는 양지바른 언덕
그대의 숨소리 찾아 따스한 햇살을 기다리는 곳.
보아도 보아도 끝이 없어 보일 것 같은 그대의 모습
들어도 들어도 끝이 없을 것 같은 그대의 사랑 이야기
그 누군가가 당신의 사랑이야기를 들려준다면,
당신을 향한 사랑과
나를 향한 당신의 애정이 함께 숨 쉬리니
그리고 끝없이 이어지는 당신의 이야기의 끝에
내 그리운 당신의 사랑을
품에 보듬어 안는 것은 기쁜 일이다.
그리고 오늘 내 사랑이 여기 머물러있음을
다시 확인하며 사는 것은 행복한 일이다.
내 기쁜 일들이다. 사랑이 예 있으니.

버스 타던 날

주머니에는 동전 하나 없었다.
핸드폰을 켰고,
손에는 핸드백도 들었지만,
가방 안엔 그 아무 것도 없었다.
버스비가 얼마인지 몰라
부끄러워 뭐라고 말할 수 없었다.
'멀쩡하게 차려입은 놈이 감히 무임승차를 해'
노려보는 것만 같은
버스 기사아저씨의 눈망울만 뚫어지게 바라보았다.
아! 1천 원짜리 지폐 두 장
아! 이게 그렇게 큰돈인가?
왜 하필이면오늘, 내겐 이 돈조차 없었을까?
왜 오늘 따라 교통카드조차 안가지고 나왔을까?
부끄러워 부끄러워 고개를 들지 못한 날
1천 원짜리 지폐 두 장이 이리 귀한 건 처음이었다.
교통카드가 없어 택시조차 잡지 못한 날.
내 사랑도 그럴 때가 있는 건지. 묻고 싶었다.

MOTEL
마을버스정류장
수유역
(정류소ID:09-595)
도봉로
Dobong-ro
수유역,강북구청
마을버스
서울 75
사3141

사랑은 자선으로 온다는데
나는 일평생 얼마를 이웃과 나누었을까?
잘못된 투자로 잃어버린 돈들이 계산되어 나누어지는 날
신은 내게서 그 중의 일부를 자신의 것으로 가져가셨을까?
아니면, 그 중의 일부를 나를 위하여 다시 갚아 주실까?
내 부족한 재원 때문에 더 궁핍함을 깨달아 아는 날
내가 이웃을 위하여 조금이라도 나누어야겠다는 생각을 했다.
하지만 실천이 잘 안 된다. 이웃을 향한 자선, 자비와 사랑
사랑하는 이들에게 그 무엇인가를 나눠주고 싶은 날에도
나는 버스비, 교통카드를 잊어 갖은 창피를 다 당했다.

좌불안석이었다.

그렇다면 나는 마지막 죽음의 순간,

긴 여행에서 가져가야할 경비를 나는 미리 마련하고,

그 여행을 준비나 하고 있는 것일까?

당신과 함께 다시 짜야겠다. 그 무엇인가를 나누어 줄 것을.

이웃과 함께 할 것부터 찾아야겠다.

그리고 먼저 다시 찾아야겠다.

당신을 향한 사랑과 애정부터.

어디서___당신을 만날까?

내가 고민하는 것은
당신이 있는 자리에서 내가 멀어질까 하는 두려움입니다.
내가 두려워하는 것은
당신이 나보다 더 좋은 여유를 찾아
날 버리고 떠나갈까 하는 연민입니다.
나는 어디에서 당신을 만날까요?
그리움이란 이름으로 코스모스 향기를 찾아
가을 고추잠자리와 함께 길을 걸어
그대가 있는 들길을 찾아 헤맨답니다.
그대는 네게 소리 없이 사랑으로 다가와
날 위한다는 말을 남겨놓고 떠나곤 하죠.
하지만 알고 있나요?
그대와 내가 함께 이 거리를 거닐고 있다는 것을.
그대가 날 사랑하기에 내가 그대를 찾아 헤메이는 것을
당신은 알지요?
내가 당신을 찾아 길거리를 헤매고 있다는 것을.
사랑은 애틋한 사랑은
가을 코스모스 꽃길로 온다는 것을.

그대___다시 하루가 저문다면 고향에 가리

오늘은, 동구나무 까치가 아침 울고.
이 아름다운 땅 고향.
굽이굽이 틀어 오른 동리.
서울은 너와 내가 가족이라기 보단 멀고.
이웃이 사촌이란 말도 옛이야기 되어.
그대 다시 온 여름을 이야기 하리.
고향에 가리, 고향에 가야만 하리.
석류나무가 한 가지 피었어도
열매가 주렁주렁 달리는 가을이 다가와도
이 계절이 다 가기 전
보리내음이 우거지는 고향에 가리.
고향에 가야만 하리.
아무도 없이 혼자서만 사는
텔레비전 속에는 꾀꼬리가 울다가 쓰러져도
농약 내음이 가득 수박넝쿨에 실려와도

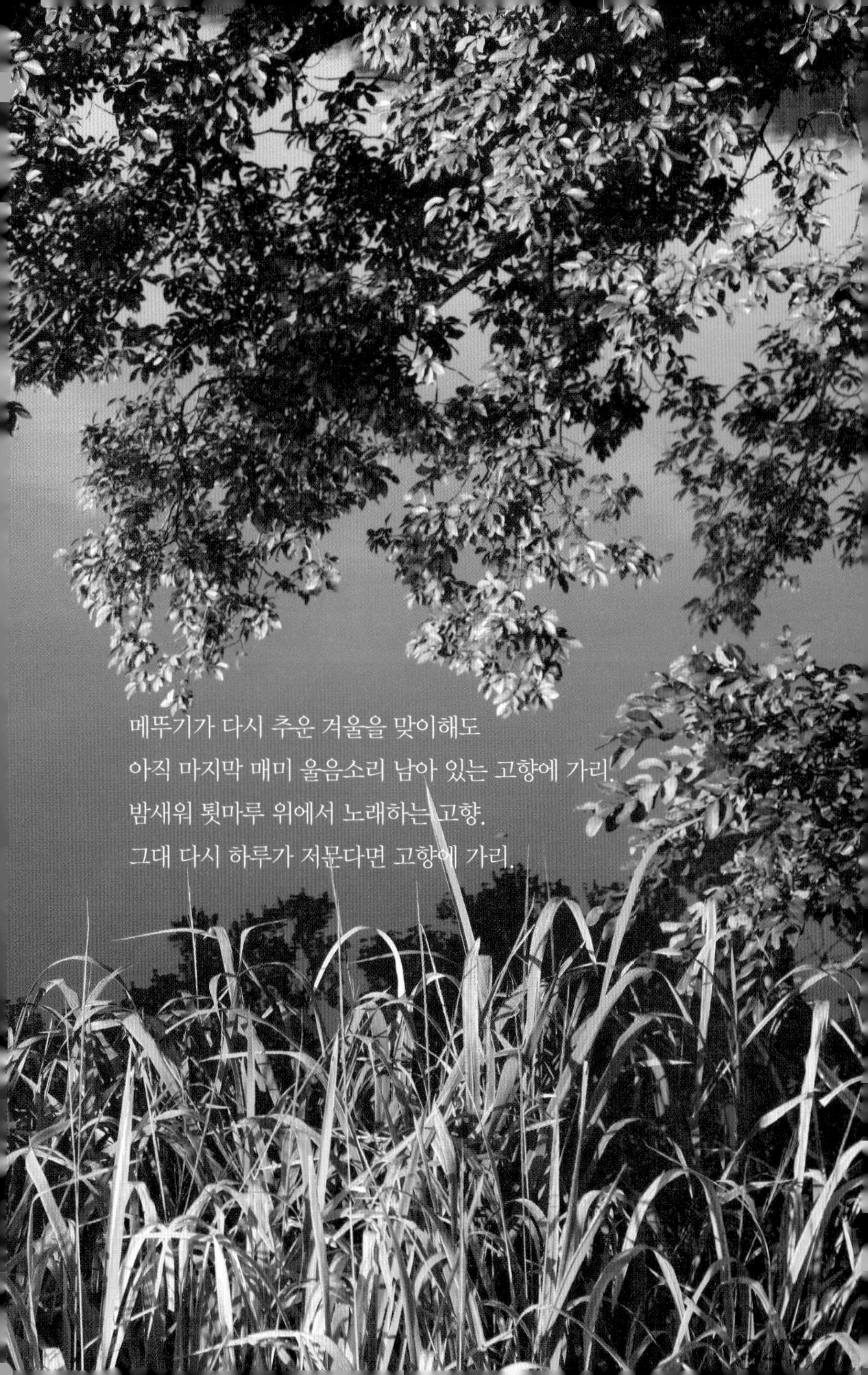
메뚜기가 다시 추운 겨울을 맞이해도
아직 마지막 매미 울음소리 남아 있는 고향에 가리.
밤새워 툇마루 위에서 노래하는 고향.
그대 다시 하루가 저문다면 고향에 가리.

송찬호
간역 다음에 있다
않은 기판차 한 대
여기저기
고 있다
쇳덩어리야,
뻐꾹새야
장닭 한 마리 기관차 머릴 쪼아댄다
병아리양말 무릎까지
이름표 달았어요?
네 자 그럼 출발!
린다 종알종알 달린다
황간역 다음

추　억

책장마다
한 줄 두 줄.
쓰여 가는
친구의 얼굴들.
그대의 사랑이야기.

MAKE
Cupcakes

공중전화
Telephone

가을

AUTUMN

WINTER

겨울

– 이야기 다섯 –

겨__울

이야기 다섯,

겨울

내가 왜 여행을 좋아하느냐고 묻는다면, 거기에는 무엇에든지 구애받지 않는 사람들의 자유로운 이야기가 있기 때문이다.

매일 쥐날 것 같은 숫자 안의 세상에서 벗어나 내 자유로운 영혼이 머물러 쉴 곳을 찾을 수 있기 때문이다. 속박된 오늘 훨훨 벗어나 옛 이야기 하나 만들고, 거기서 내 영혼이 하루 안식을 얻을 수 있기 때문이다.

참 아름다운 곳은 항상, 내가 좋아하는 맛있는 맛 집처럼, 그리고 매우 능력 있는 한 젊은이처럼, 내가 간직하고픈 아름다운 풍광을 고이 간직하고 고이고이 숨어 있기 마련이다. 그곳을 찾아 내가 만나는 젊은 이야기들의 꿈을 찾아내는 것은 즐거운 일이다.

온 세상이 하얗게 물들은 오늘, 두터운 외투 깃을 세우고, 길을 나서는 것은 기쁜 일입니다. 아직은 건강하고 기력이 있기 때문이죠. 이곳저곳 기웃거리며, 하얀 백색의 풍광을 담는 것은 내가 마지막 숨 쉬게 될 내 여행의 종착지이자 안식처가 됩니다.

나는 질화로에 이야기를 담아냅니다. 당신이 안식처를 찾아 헤매는 것처럼, 이 자리에서 몸을 누이며, 평안을 얻습니다.

언덕에 올라

전신주에 바람이 쌩쌩 불기 시작하면
언덕에 올라 그대가 이끌고 오는 바람의 소리를 듣습니다.
가을걷이가 끝난 저 들녘 끝의 논과 밭엔
아직 서리가 내리기 전이지만
바람이 부는 언덕에는 어느새 하얀 겨울이 성큼 다가옵니다.
두터워진 당신의 외투 깃에 따뜻한 입김이 서릴 때면
내 가슴은 당신을 향한 사랑이 용솟음칩니다.
당신의 미소를 담아놓은 내 가슴엔
그대를 향한 열정과 사랑이 바람처럼 일어납니다.
설령, 전신주에 바람이 매섭게 에인다 해도
저는 당신을 향한 사랑으로 즐거워할 것입니다.
왜냐하면, 당신이 오는 소리를 들으니까요.
내 가슴은 당신을 향한 그리움이 가득하니까요.

겨울___예감

객실에 펼쳐진 거울이
더욱 투명해지고,
난로를 뒤척이게 되면
어느새 비치어 든
하얀 까치의 눈발이 아름답다.
마당가에 맺히었던
꽃나무 송이송이 마다
추위의 이파리 돋아나오고
고운 햇살의 주위에
덜덜덜 이빨 가는 소리.
그녀의 옷깃은 더욱 두터워지고
핸드백 속에서도 온기를 더하리라.

행복의 의미를 가리킨다.
전신주의 뽀오얗게 앉은 친구들은.
겨울이다.

대화

당신과 내가 함께 있다고 느끼는 건
당신의 따뜻한 사랑의 말 때문이겠죠.
당신과 내가 사랑한다고 느끼는 건
내 짜증스런 말과 내가 힘들어하는 이야기들을
당신이 보듬어 안아주는 탓이겠죠.
당신과 내가 서로 사랑한다고 느끼는 건
당신의 따뜻한 말 한마디가
매일 가슴으로부터 우러러 나와
내게 울림이 되는 때문이겠죠.

사랑은 멀리 있는 것이 아니라
아주 가까이 있다는 것을
내가 알게 되는 것은
당신의 그윽한 미소가 나를 바라볼 때이랍니다.
사랑해요. 내가 이 말을 가슴에 담을 수 있는 것은
내게 들리는 당신의 속삭임처럼
사랑도 저 멀리 있는 것이 아니라
바로 가까이 있다는 것을
내가 당신으로부터 알게 되는 때문이죠.

사 랑

사랑은 말이 없는 것
그대의 잘못을 보듬어 안는 것
때로는 내 따뜻한 미소로
그대의 안색을 살피며
그대의 가슴에 평안을 기대어 품는 것
나 정말 힘이 들 때도
그대의 고운 가슴에
내 맘을 편히 누이는 것.

아! 사랑이어라.
말하지 않아도 눈빛만으로도 교감하고
말할 수 없어도 그 모습만으로도
당신의 마음을 이해하는 것.
멀리 떨어져있어도 멀리 있는 것이 아니라
지금 바로 이곳에 함께 있는 것.
내 맘이 아플 때면,
그대 작고 부드러운 손길이 날 향하고 있음을 안다.
그대 사랑이어라.

자유로의 여행

그대 내 사랑을 찾는 나는
오늘도 서울역을 떠나 기찻길을 향한다.
자유를 찾아 어디로 떠나려는가?
보아라. 황금빛 들녘 끝엔 추수도 끝나고
겨울의 이야기 찾아왔다.
나뭇가지도 잎을 내려
긴 겨울잠을 시작한다.
보아라. 기나긴 여행은 어디서 시작되는가?
그대를 떠나는 자유
내 영원한 사랑.

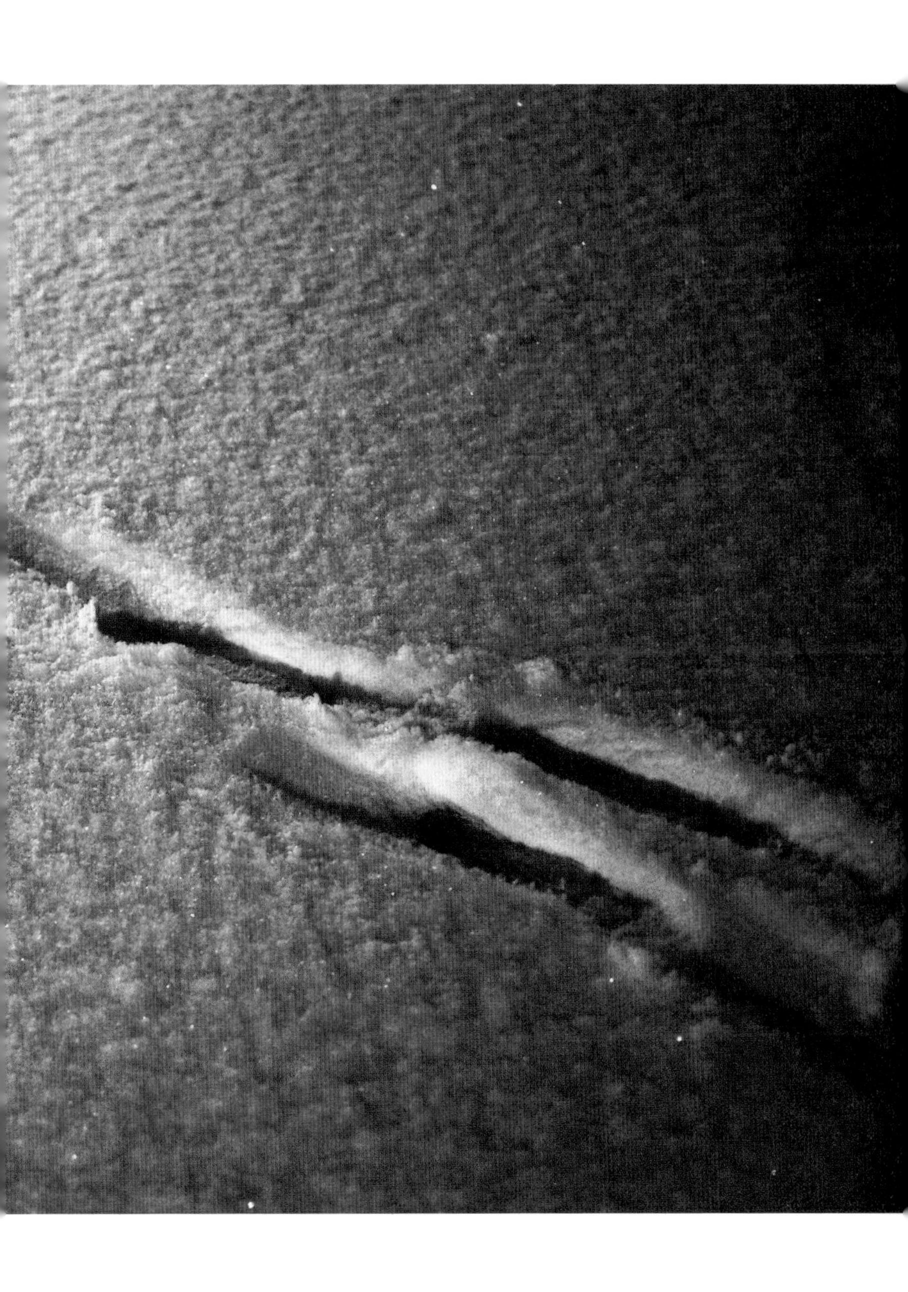

그대 오는___길

그대 오는 새벽엔 하얀 실눈이 내리고
밤새워 빛나는 가로등엔 그대의 사랑이야기 걸려있다.
밤을 지새어도 지나서도 생각나지 않을 것 같은
또 보고 싶은 그리움 같은 것.

알 수 없는 일이다.
내일이면 당신을 바라볼 수 있을 텐데.
길가의 가로등엔 당신의 어여쁜 미소가 인다.
언제 보아도 절대로 상처 나지 않을 듯한
그대와 나의 사랑이야기.

밤새워 사랑은 소록소록 섬돌 위에 쌓이고
나는 그 이야기를 품에 가득 담아놓았다.
언제 보고 또 보아도 잃어버릴 수 없도록
그대의 이야기 가슴속 깊숙이 숨겨놓았다.

그대의 이야기뿐이다.
사랑을 가득 담고 그대 오는 길.

날___사랑하는 이유

그대 날 사랑하는 이유
당신과 함께 하기 때문.
내가 그대를 사랑하는 이유
그대가 나와 함께 하기 때문.

알 수 없는 사랑의 이유, 끌림 아닌가?
당신과 내가 끌리는 이유
마치 자석이 날 잡아 당기듯이
날 끌어당기는 이유,
그대를 향한 사랑 아닌가?
이것이 그대와 내가 함께 하는 이유.

이야__기

당신과 내가 새록새록 남겨 놓은
이야기가 있습니다.
당신을 사랑한다는 이유로
지금까지 민들레 길가에 고이 뿌려놓은
이야기들이 있습니다.

그 이야기는 또 당신과 나의 사랑의 자양분이 되고
이야기의 자락을 한 없이 한없이 늘어뜨리게 합니다.
어디에서 다시 당신의 모습을 뵐까요?
그대에게 남겨두고 싶은 이야기는
하나. 둘. 셋. 넷.
한 둘이 아닙니다.

내 사랑! 그대에게 내가 하고 싶은 말.
그것은 내가 당신을 사랑하는 이유와
당신이 남겨놓은 발자취의 이유입니다.

내가 당신을 사랑하는 것은
당신에게서 그 무엇인가 사랑을 보았기 때문입니다.
내가 당신을 사랑하는 것은
내가 당신을 사랑한다는 그 무엇인가 이유를 찾았기 때문입니다.
내가 당신을 사랑하는 것은
당신의 그 포근한 가슴과 고운 마음
나를 고이 맏아줄 당신의 마음이 있었기 때문입니다.
사랑합니다. 당신.
끊임없이 영원에 이르도록 하고 싶은 이말.

내가 당신을 사랑하는 것은
당신의 포근한 사랑이 내 가슴에 가득했기 때문입니다.
내가 당신을 사랑하는 것은
당신이 내 가슴에 남아있기 때문입니다.

그대___가슴에 시인이 되어

어언 오십 년인가요?
그대는 어느새 연인이 되어 있었고
나는 그대 곁에서 편지를 씁니다.
읽고 또 읽어도 질리지 않을 것 같은
그대가 남긴 이야기에는 내 영혼의 울림도 서려 있습니다.
겨우내 하얀 입김으로.
제가 지금 그대에게 편지를 쓰는 것은
그대가 남긴 이야기가
지금 이 자리에 가득 남아 있기 때문입니다.

나는 지금 그대 가슴에 시인으로 남아
영원히 그대를 위한 시어를 남기려 한답니다.
그대 아나요? 내가 그대를 노래하는 시인이 되었다는 것을.
그대가 아무리 읽고 또 읽어도 싫증나지 않도록
오늘도 아름다운 시어를 담아
그대 귓가에 읊조리고 있답니다.
그대 기억하나요?
내가 그대 위한 시인이 되리라는 것을.
나는 그대를 위한 그대 가슴에 시인이 되리라는 것을.

겨___울

떨어진 꽃잎 같은 거.
할매의 뽀오얀 담배연기에 지친 바람 같은 거.
고이 코감기에 눈물 흘리는 나의 잠 같은 거.
시간을 다투옵는 모든 생명들이 일고
그대 편지 하지 않는 마음 같은 거.
떠나는 모든 이들에게 묻노니
그대의 꿈은 무엇이었더뇨.
그윽이 피어오르는 할매의 눈길.
연기는 떨어진 풀잎 하나를 태우고.
모든 눈물 뿌리는 나의 어머니 아버지
세상의 뒤에 왔음을 한탄하고
묻노니
그대는 쉬이 왔음을 한탄하고
묻노니
그대는 왜 편지를 늦추었고,
땅이 얼어 있음을 한탄하지 않느뇨.
피어나는 꽃처럼 아지랑이처럼
그렇게 쉬이 따스하여 질 줄만 믿고.
무너지는 아득한 산사 같은 거.
뽀오얀 떡 가루에 펄럭이며 오르는
유난히 하얀 배뚱아리의 까치
한 마리 같은 거.

보아___요

보아요!
그대 곁에 사랑이 피어오르는 것을 보아요.
영원히 떠날 수 없는 자리, 거기에
그대 얼굴 가득히 피어오르는 추억이
고향의 향기를 가득히 안겨주며 떠나는 것을.

눈 내리는 날

눈 내리는 창밖에서 그대 모습 봅니다.
창밖에 서서 내가 소록소록 눈을 맞으며
그대 얼굴 그리어 봅니다.
눈사람처럼 동그란 얼굴.
눈은 가득가득 우리가 걷던 길을 덮고 있습니다.
혹 눈이 막혀 돌아오지 못할까 걱정이 되어
집을 나서 눈 온 길을 쓸어 봅니다.

눈은 내가 쓸어 놓은 길을 덮고 말아
그대에게 가야하는 길을 덮고 또 덮어 내리지만
그 길은 내일 다시 열려 있게 되겠지요.
내가 밤새워 눈을 쓸 테니까요.
당신이 그 길을 따라 돌아와야 하니까요.

눈 내리는 날엔
당신을 향한 미소를 나의 행복 속에 담아 보려합니다.
내가 당신을 사랑한다는 것을
저 하얀 눈은 알고 있겠지요.
눈은 밤새워 소록소록 쌓인답니다.

720

NE
하우스

겨울___연가

창가에 하얗게 서리가 에이고
들에는 온통 눈밭.
까치 한 마리가 집 앞 전봇대 앉아 울면
그리운 내님이 오시려나.
문을 열고 그대의 이름을 품에 안는다.

밤새워 소로소록 쌓인 눈은
이 밤에 당신의 오가는 발걸음을 어렵게 해.
창문 싸립문 너머로 빼꼼이 문을 열고
그대의 단아한 모습 여울지는 겨울언덕을 안고 섰다.

유난히 외투 깃이 두터워지는 날엔
그대를 향한 아침 길을 서둘러야겠다.
당신의 눈 위를 걷는 발자국 소리.
귀 기울이며 발걸음을 서둘러야겠다.

눈 위에 돋는 오도독 오도독 발자국 소리.
그리움이어라.

동토

참으로 바람이 차가왔습니다.
꽃바람 같은
걸
느낄 수 있었습니다.

어디서 당신의 모습___뵐까요?

당신은 지금 어디 있나요?
어디서 당신의 모습을 뵐까요?
끊임없이 당신에게서 듣고 싶은 이야기
당신은 어디에서 일어나 그 고운 자태로
어디에서 누군가를 만나
그대의 사랑이야기 내어놓을까요?

그대는 기억하나요?
여기가 어디인지를.

하얀 눈이 쌓인 언덕엔
당신의 이야기가 산비둘기 되어 날고

나는 당신의 곁에서
하얀 눈사람과 이야기를 합니다.
사랑이 무엇인지를 아는 까닭에.

내 사랑이어라.

그대___얼굴

아무리 지워도 지워지지 않는
그대 얼굴.

눈 위의 하얀 발자국 두 줄엔
그대가 남겨놓은 이야기가 꿈틀거린다.

겨우내 끼고 있어야 할
당신과 보낸 이야기의 엽서 속엔
애틋한 그리움과 사랑이야기만 꿈틀거린다.

내가 당신을 사랑하는 것을
내가 당신을 그리워하는 것을
먼 곳에 있어도, 하늘이여, 땅이여
당신의 영혼까지도
밤새워 당신의 이름을 듣고 싶다.

보고 싶은 그대 얼굴.
자유로 얻은 겨울이다.
당신을 사랑하는 나는
이 겨울 정도는 인내할 이유가 있다. 힘이 있다.
내 사랑이다.

꽃의___겨울

겨울이 되면
꽃들은 겨울잠을 잔다.
이파리는 가을의 풍랑에 훨훨 올려 보내고,
열매가 가득했던 딸들을 보내고
겨울이 되면
꽃들은 겨울잠을 잔다.

그러나 꽃들은 겨울잠을 자는 시간에도
잠시 한밤중에 싸락눈으로 꽃들을 만들고
이 겨울이 지루하지 않도록
하늘에 별을 날린다.
꽃들이 사는 방법은 하나이다.
이 겨울이 하얀 눈꽃으로 더욱 풍성하도록
밤하늘을 벌려 잎을 날리고
지나가는 이들에게
조용하고 아늑한 몸짓으로 손짓을 한다.

꽃이 지닌 사랑이 무엇인지 아는 까닭에
이 밤이 지나도록
겨울 내내 하얀 눈꽃의 향기들을 노래한다.

그대 사랑이 찾아오는 길이
눈꽃 향기로 더욱 가득하기를 고대하면서.

겨울___이야기

겨울에는 그대의 이야기를 하겠어요.
그대가 남겨놓은 사랑이야기.
그대가 남겨놓은 따뜻한 미소를
질화로에 담아 그대 가까이 놓겠어요.
바람이 거세게 불고
창가에 눈보라가 거세게 쳐 와도
내겐 그대의 사랑이 있기 때문에
따스한 온기를 얻게 되죠.

내가 그대를 사랑하는 건
그대 내게 남겨 놓은 따스한 숨소리와
밤새워 눈이 와도 새록새록 잠자는
그대의 평안함 같은 것.
그대 내게 남겨놓은 사랑이랍니다.

그대 알고 있나요?
온 세상의 나무들이 옷을 벗어버린 눈가지에
잔잔한 파문이 일고
바람이 억세게 불어오던 날.
이 계절이 고민하던 것을 알고 있나요?
그대가 걸어오는 나뭇가지 위엔 사각사각
겨울이야기가 하나 둘 흘러내린답니다.

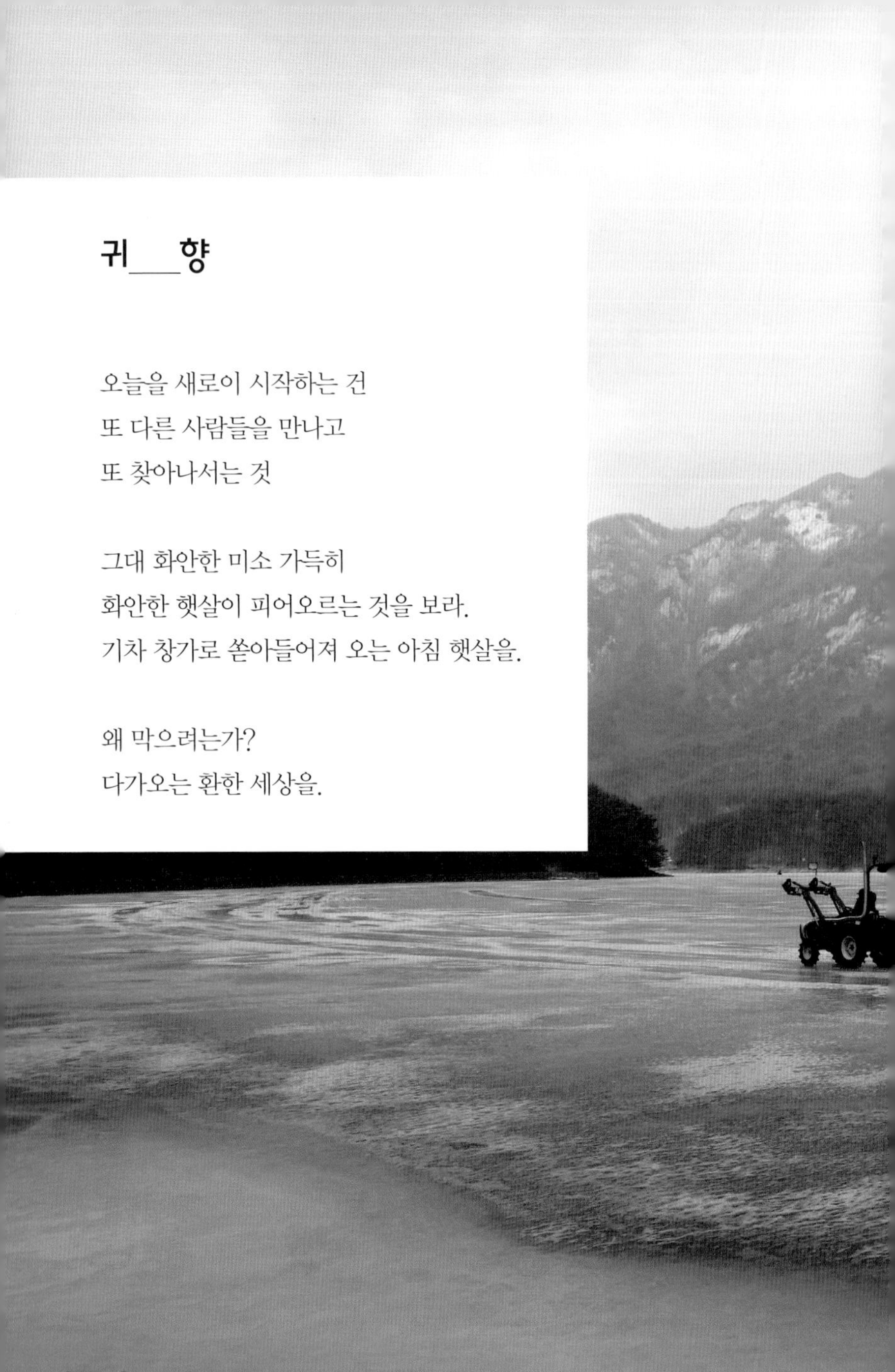

귀향

오늘을 새로이 시작하는 건
또 다른 사람들을 만나고
또 찾아나서는 것

그대 화안한 미소 가득히
화안한 햇살이 피어오르는 것을 보라.
기차 창가로 쏟아들어져 오는 아침 햇살을.

왜 막으려는가?
다가오는 환한 세상을.

정
호 수

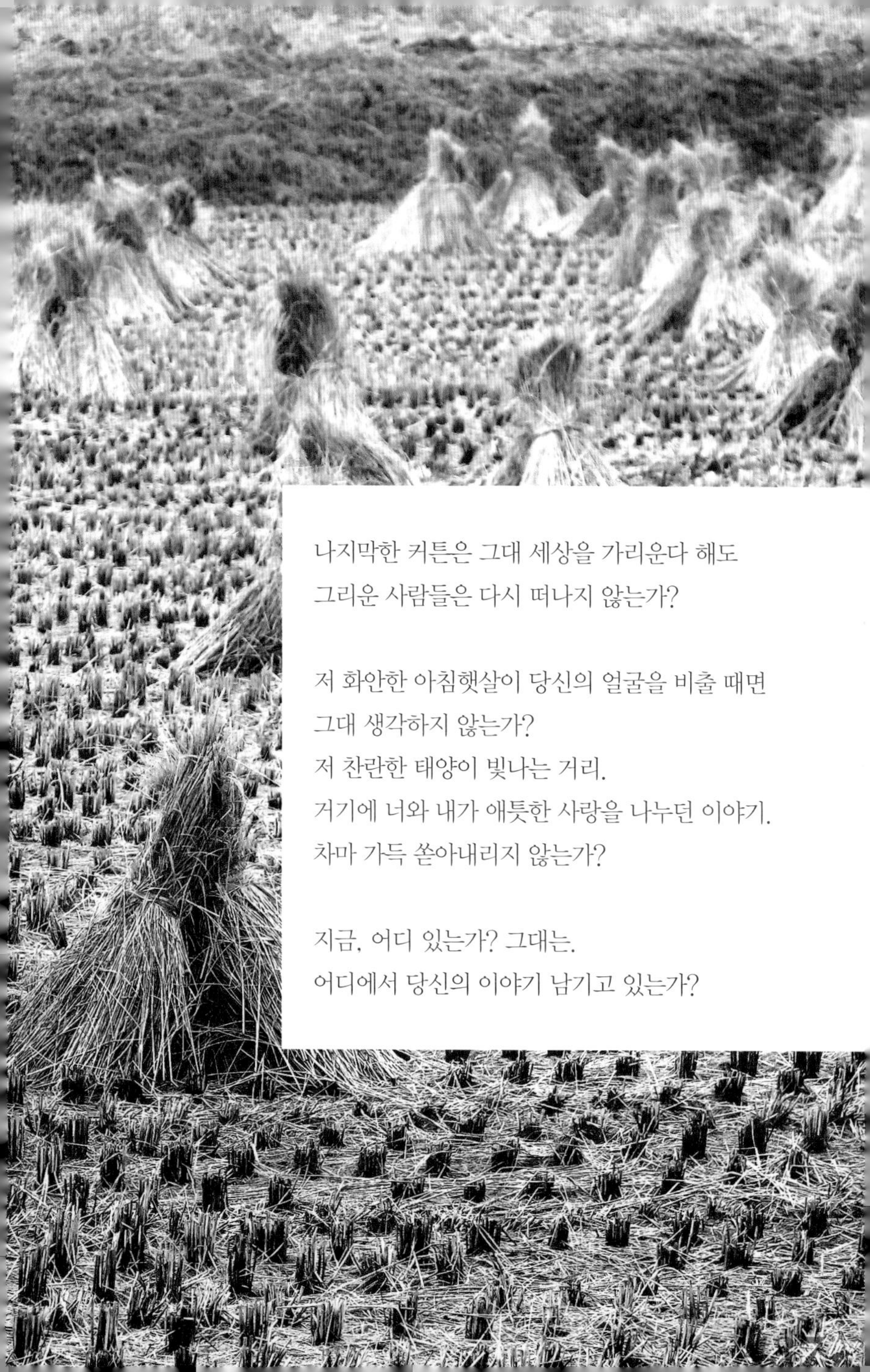

나지막한 커튼은 그대 세상을 가리운다 해도
그리운 사람들은 다시 떠나지 않는가?

저 화안한 아침햇살이 당신의 얼굴을 비출 때면
그대 생각하지 않는가?
저 찬란한 태양이 빛나는 거리.
거기에 너와 내가 애틋한 사랑을 나누던 이야기.
차마 가득 쏟아내리지 않는가?

지금, 어디 있는가? 그대는.
어디에서 당신의 이야기 남기고 있는가?

그대 내 곁에

내가 당신에게 감사하는 건
그대가 내 곁에 항상 있어주기 때문입니다.
비가 오나, 눈이 오나, 바람이 부나
그대가 내 곁에서 사랑의 하모니를 들려주기 때문입니다.
아무리 보고 또 보고, 보고 또 당신의 모습을 보아도
사랑이 있는 거기에 당신이 자리를 함께 해 주기 때문입니다.

내가 당신을 사랑하는 것은
그대가 내 곁에서 이 한파에도 날 떠나지 않고
날 보듬어 안고 있기 때문입니다.
그대 사랑해요.
우리가 많은 것을 잃어버렸다 해도
당신의 사랑이 있기에 나는 행복을 이야기한답니다.
당신이 날 사랑한다는 것을 아는 까닭에
내 곁에 있는 그대가 날
이 폭풍우에서 날 감싸 안고 있기에
내가 온전히 일어설 수 있는 것입니다.
당신의 따뜻한 온기가
사랑으로 날 일어서게 하기 때문입니다.

종착___지

많은 사람들이 걷고 있는 길엔
함박눈이 가득, 머리 우에 흩날리고
나는 오늘도 길을 몰라 헤매인다.
걸어가야 끝이 없는 길 가운데엔
종착지 없는 길이 보이고
사람들의 사이에 아련히 보이는 표지판엔
붉은 신호등이 그려져 있다.
여기가 종착지인가?
기울어진 차선 너머로 능선이 떠오르지만
그래도 끝이 아닌가 보다.
달려도 달려도 끝이 없는 길.
함박눈이 가로 막은 저길 끝에는
무엇이 남아 우리들의 이야기 그릴까?
오선지로 보이는 보이는 아스팔트 위로
함박눈이 뒹굴뒹굴 춤추고
그 너머에도 하얀 눈이 가득
먼 산 어깨 머리 위에 이고 서 있다.

후기___추신

할 말은 많은데 쓸 수가 없습니다. 그저 노래 소리 아득히 들릴 뿐입니다.

지금은 주소는 가지고 있지 않습니다. 두고두고 읽어야 할 글귀들은 지금 시집 속에 꽂아놓고 얼굴만 그려 봅니다.

언젠가 만날 수 있을지 그저 아득하기만 합니다. 이번 편지 속엔 만나자는 말까지 넣어야 할까 봅니다.

만날 때엔 오늘 저녁 쓸쓸함도 그 편지 속에 넣어서 전해줄까 합니다.

101

사랑 그리고 사랑

PHOTO & ESSAY

THE KOREAN BEAUTIFUL SCENES